PREGUNTAS
EQUIVOCADAS

1

PREGUNTAS
EQUIVOCADAS

¿Quién será a estas horas?

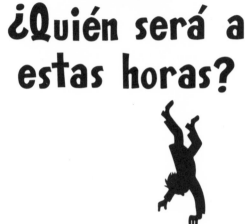

LEMONY SNICKET

ILUSTRACIONES DE SETH
TRADUCCIÓN DE JULIÁN AGUILAR

laGalera

Título original:
All the Wrong Questions: Who Could That Be at This Hour?

Primera edición: octubre de 2013

Adaptación de cubierta: Marquès, SL
Maquetación: Adriana Martínez

Edición: Marcelo E. Mazzanti
Coordinación editorial: Anna Pérez i Mir
Dirección editorial: Iolanda Batallé Prats

Texto © 2012, Lemony Snicket
Ilustraciones © 2012, Seth
Traducción © 2013, Julián Aguilar
© 2013, la Galera, SAU Editorial
por la edición en lengua castellana

la Galera, SAU Editorial
Josep Pla 95, 08019 Barcelona
www.editorial-lagalera.com
lagalera@grec.com

Impreso en Limpergraf
Mogoda, 29-31. Pol. Ind. Can Salvatella
08210 Barberà del Vallès

Depósito legal: B-16.369-2013
Impreso en la UE
ISBN: 978-84-246-4781-0

A: Walleye
DE: LS
REFERENCIAS: Stain'd-by-the-Sea; robo, investigación;
Hangfire; tinta; traición; etc.
1/4

cc: VFDhq

¿Quién será a estas horas?

CAPÍTULO 1

Un pueblo, una chica y un robo. Yo fui a ese pueblo y me contrataron para que investigara el robo. Pensé que la chica no tenía nada que ver. Tenía casi trece años y me equivoqué. En todo. Debería haberme preguntado por qué alguien iba a decir que le han robado algo que no es suyo. Pero me hice la pregunta equivocada. Cuatro preguntas equivocadas, más o menos. Y en estas páginas explico la primera.

El salón de té papelería Hemlock es uno de esos locales que siempre tienen el suelo sucio, incluso cuando está limpio. Y aquel día no estaba limpio. En el Hemlock la comida es horrible, sobre todo los huevos, que probablemente son los peores huevos del mundo, incluyendo los que se exhiben en el Museo del Mal Desayuno, donde el visitante puede comprobar hasta qué punto se pueden cocinar mal los huevos. En el Hemlock venden papel y plumas viejas que ni siquiera funcionan, pero sirven un té potable y además el local está enfrente de la estación de tren. Por lo tanto es un lugar perfecto para sentarte con tus padres mientras esperas para coger el tren que te va a llevar a una nueva vida.

Llevaba el traje que me habían regalado mis padres cuando me gradué. Desde entonces lo había tenido colgado en un armario, como si fuera una persona vacía. Me sentía triste y sediento, y cuando me trajeron el té, por un momento solo vi vapor. Me había despedido con demasiada prisa de alguien y me hubiera gustado tener más tiempo.

Pensé que ya no importaba y que, sin duda, no era momento para lamentaciones.

Tienes trabajo, Snicket, me dije. No puedes permitirte estar tan abatido. De todas maneras, la verás muy pronto, pensé equivocadamente.

Entonces el vapor se difuminó y miré a las personas que estaban conmigo. Es extraño ver a los miembros de tu familia y pensar que son desconocidos. Vi a un hombre corpulento, con un vestido marrón deshilachado, que parecía incómodo, y a una mujer que golpeaba la mesa con las uñas haciendo que sonaran como el galope de un caballito. Ella llevaba una flor en el pelo. Los dos sonreían, especialmente el hombre.

–Falta mucho para que llegue tu tren, hijo –dijo ella–. ¿Quieres comer algo? ¿Huevos?

–No, gracias –le contesté.

–Estamos muy orgullosos de nuestro hijo –dijo la mujer, y alguien que la hubiera observado atentamente se habría dado cuenta de que estaba nerviosa. O quizás no. Dejó de golpear la mesa con la uñas y me pasó los dedos por el pelo. Iba a necesitar un corte de pelo en breve.

–Debes de sentir un hormigueo de emoción –dijo la mujer.

–Supongo que sí –le respondí, aunque no sentía ningún tipo de emoción. No sentía nada.

–Ponte la servilleta en la falda.

–Ya lo he hecho.

–Bien, pues tómate el té –dijo mientras otra mujer entraba en Hemlock.

La mujer que acaba de entrar no me miró a mí ni miró a mi familia ni a nadie, pero pasó muy cerca de nuestra mesa. Era muy alta y lucía una melena descomunal. Sus zapatos resonaban sobre el pavimento. Se detuvo ante una estantería llena de sobres, cogió uno y, sin mirarla, le lanzó una moneda a la mujer de detrás del mostrador, que la cogió en el aire, y se dirigió hacia la puerta. El té de las mesas llenaba el local de vapor. Yo fui el único en darme cuenta de que de uno de sus bolsillos también salía vapor.

Existen dos buenas razones para colocarse la servilleta en la falda. Una de ellas es evitar que te caiga la comida encima, ya que es mejor ensuciar una servilleta que la ropa. La otra razón es que una servilleta puede ser un escondite perfecto. No hay nadie que sea suficientemente curioso como para levantar la servilleta de otra persona para ver qué oculta. Suspiré profundamente y me quede mirando fijamente mi falda, como si estuviera pensando y, entonces, en silencio, abrí el sobre y rápidamente leí la nota que la mujer había dejado caer.

SAL POR LA VENTANA DEL
LAVABO Y ME ENCONTRARÀS

EN EL CALLEJÓN, DETRÁS DEL
LOCAL. TE ESTARÉ ESPERANDO
EN EL ROADSTER VERDE.
TIENES CINCO MINUTOS. –S

«Roadster» era una manera elegante de decir «coche», y yo no podía dejar de preguntarme qué tipo de persona se toma la molestia de escribir «roadster» cuando con la palabra «coche» es suficiente. Tampoco podía dejar de preguntarme qué tipo de persona firma una nota secreta, aunque solo sea con una S. Una nota secreta es secreta. No es necesario firmarla.

–¿Estás bien, hijo?

–Disculpadme –dije mientras me levantaba. Dejé caer la servilleta encima de la mesa, pero me guardé la nota.

–Tómate el té.

–Mamá –dije.

–Déjalo, querida –dijo el hombre del vestido

marrón–. Tiene casi trece años. Es una edad difícil.

Me levanté y me fui hacia el fondo del local. Probablemente ya había pasado un minuto. La mujer del mostrador vio perfectamente que yo estaba buscando el lavabo. En los restaurantes siempre te obligan a preguntar dónde está, incluso cuando es obvio que no puedes estar buscando otra cosa. No pensaba avergonzarme.

–Si yo fuera un lavabo– le pregunté a la mujer–, ¿dónde estaría?

Y mientras me señalaba un pequeño vestíbulo, me di cuenta de que todavía tenía la moneda en la mano. Me dirigí rápidamente hacía el vestíbulo sin mirar atrás. No volvería a ver el salón de té papelería Hemlock en años.

Entré en el lavabo y vi que estaba ocupado. Pensé que en un lavabo solo se pueden hacer dos cosas cuando esperas a que alguien salga del retrete, y decidí hacer una de ellas. Me refresqué la cara con un poco de agua fresca y aproveché para envolver la nota en un trozo de toalla de papel, la metí debajo del agua y cuando se convirtió en un mazacote la tiré. Probablemente nadie la buscaría.

Un hombre salió del váter y me miró a través del espejo

–¿Estás bien? –me preguntó.

Debí parecerle nervioso.

–He comido huevos –le dije, y él lo entendió perfectamente, se lavó las manos y se marchó.

Cerré el agua y miré la única ventana del lavabo. Era pequeña y cuadrada, y tenía un cerrojo muy sencillo. Un niño la hubiera podido abrir. Y me pareció perfecto, porque yo era un niño. El problema era que la ventana estaba a diez pies por encima de mí, en la parte superior de una de las esquinas del lavabo. Ni de puntillas habría llegado al cerrojo. Daba igual la edad, abrir esa ventana hubiera sido difícil para cualquiera. Entré en el váter. Detrás de la taza había un paquete envuelto en un papel de color marrón atado con cuerdas, pero estaba mal atado, como si a nadie le importara que alguien lo abriera. Apoyado en la pared, no parecía gran cosa. Más bien parecía algo del local, o parte del material de trabajo que un lampista hubiera dejado olvidado.

No parecía tener el menor interés. Lo arrastré hasta el medio del lavabo y cerré la puerta antes de desenvolverlo. No cerré el pestillo porque una persona de hombros anchos la habría podido abrir igualmente.

Era una escalerilla plegable. Ya sabía que la iba a encontrar allí: la había dejado yo mismo.

Tardé probablemente un minuto en encontrar la nota, otro para llegar al lavabo, otro que pasé esperando a que el hombre saliese, y dos más que usé para colocar la escalerilla, abrir la ventana y saltar hasta un charco en el callejón. Total: cinco minutos.

Como pude, me sequé el agua enfangada de los pantalones. El roadster era pequeño y verde y parecía que había sido un coche de carreras, aunque ahora tenía abolladuras por toda la plancha. Estaba hecho una porquería. Nadie se había ocupado de cuidarlo, y seguramente era demasiado tarde como para empezar ahora. La mujer al volante tenía mala cara. Sus cabellos luchaban por hacerse lugar dentro de un pequeño casco de cuero.

Cuando las ventanillas del roadster bajaron quedó claro que el ambiente de dentro del coche no era muy diferente al del lluvioso callejón.

–Soy S. Theodora Markson –dijo.

–Soy Lemony Snicket –le respondí, y le di el sobre que llevaba en el bolsillo. Dentro había lo que se conoce como carta de recomendación, que consistía en unos cuantos párrafos en los que se me describía como un excelente lector, un buen cocinero, un músico mediocre y un liante total.

Había recibido instrucciones de no leer mi carta de recomendación, y no fue fácil abrir el sobre y volverlo a cerrar.

—Sé quién eres —dijo, y lanzó el sobre a la parte trasera del coche mientras miraba el callejón como si ya estuviéramos en marcha—. Ha habido un cambio de planes. Tenemos prisa. La situación es más complicada de lo que puedes entender o de lo que, dadas las actuales circunstancias, estoy en condiciones de explicarte.

—«Dadas las actuales circunstancias» —repetí— ¿quiere decir «ahora mismo»?

—Evidentemente.

—¿Y por qué no ha dicho «ahora mismo»?

Se inclinó sobre mi falda para abrir la puerta.

—Sal —dijo.

—¿Qué?

—No me hables de esta manera. Tu predecesor, el joven que trabajaba para mí antes que tú, jamás me habló de esta manera. Jamás. Fuera.

–Lo siento –dije.

–Sal.

–Lo siento.

–¿Quieres trabajar para mí, Snicket? ¿Quieres que sea tu acompañante?

–Sí –dije mirando al callejón.

–Entonces tienes que saber que yo no soy tu amiga. No soy tu maestra. No soy tu madre o una tutora que se encarga de ti. Yo soy tu acompañante, y tú eres mi aprendiz, una palabra que en este caso significa «persona que trabaja a mis órdenes y hace absolutamente todo lo que digo».

–Estoy desolado –repetí–, una palabra que en este caso quiere decir...

–Ya me has dicho que lo sentías –me cortó S. Theodora Markson–. No te repitas. Además de repetirte eres redundante. Ya lo has dicho antes. Eres inadecuado y poco sensato. Yo soy S. Theodora Markson. Tú eres mi aprendiz. Trabajas para mí, y harás todo lo que yo te diga. Te llamaré Snicket. No es fácil enseñar a un aprendiz, pero dispongo de dos herramientas: el ejemplo y la persistencia. Te enseñaré qué es lo que hago, y después té indicaré cómo tienes que hacerlo tú. ¿Lo has entendido?

–¿Qué significa la S?

–Stop. Deja de hacer preguntas equivocadas –respondió, y arrancó el motor–. Probablemente crees que lo sabes todo, Snicket. Es probable que te sientas muy orgulloso por haberte graduado, y por haber sido capaz de escapar por una ventana en cinco minutos y medio. Pero no sabes nada de nada.

S. Theodora Markson quitó una de sus manos enguantadas del volante y señaló algo en el salpicadero. Me di cuenta de que se trataba de una taza de té aún humeante. En la taza se podía leer HEMLOCK.

–Probablemente ni te has dado cuenta de que

te lo he cogido, Snicket –dijo antes de inclinarse sobre mí y arrojar el té por la ventana.

Al caer al suelo el líquido levantó una nube de vapor que se alzó en medio del callejón. El olor era dulce y ofensivo como el de una flor peligrosa.

–Láudano –dijo ella–. Es un opiáceo. Un medicamento, un somnífero.

Se volvió y me miró por primera vez. Yo hubiera dicho que parecía una mujer bastante agradable, pero no dije nada. Era de ese tipo de mujeres que se dedican a cosas importantes, o eso fue lo que a mí me pareció.

–Tres sorbos de ese té y solo hubieras sido capaz de ir de incoherencia en incoherencia, una palabra que en este caso significa murmurar locuras de manera prácticamente inconsciente. Nunca habrías subido al tren, Snicket. Tus padres te habrían llevado a otro lugar y, créeme, hubieras preferido no haber ido a ese lugar.

La pequeña nube del callejón desapareció, pero yo seguí mirando fijamente en la dirección donde había estado. Me sentía completamente solo. Si me hubiera bebido el té, jamás habría estado en el roadster, y si no hubiera estado en el roadster, nunca habría caído del árbol equivocado, nunca habría estado en el sótano equivocado o en la biblioteca equivocada o encontrado todas las respuestas equivocadas a las preguntas equivocadas. Hice esas preguntas. S. Theodora Markson tenía razón. No había nadie que cuidara de mí. Tenía hambre. Cerré la puerta del coche y la miré.

—No eran mis padres —le dije.

Y nos fuimos.

CAPÍTULO 2

Si se lo pides al bibliotecario adecuado y consigues el mapa correcto, encontrarás una pequeño lugar llamado Stain'd-by-the-Sea, que aproximadamente está a medio día de la ciudad por carretera. El mar, actualmente, no está cerca del pueblo, se encuentra al final de un largo camino lleno de baches que no tiene nombre ni sale en ningún mapa. Lo sé porque hice mi aprendizaje en Stain'd-by-the-Sea y no en la ciudad, que es donde pensaba hacerlo. No supe esto hasta que S. Theodora Markson puso en marcha el roadster y dejamos atrás la estación.

–¿No cogeremos el tren? –le pregunté–.

Esta es otra pregunta equivocada. Ya te he dicho que los planes han cambiado. El mapa no es el territorio. Y eso quiere decir que el mundo no coincide con la imagen que tenemos de él.

–Yo pensaba que trabajaríamos en la ciudad.

–Tú pensabas que íbamos a trabajar en la ciudad, pero no es así.

El estómago me bajó hasta los pies mientras el coche tomaba una curva cerrada en una plaza donde unos obreros estaban cavando para hacer algún arreglo en la fuente Victorius Finance. Al día siguiente, si es que para un aprendiz era posible escaquearse durante la comida, tenía que encontrarme con alguien allí para medir la profundidad del agujero que estaban cavando. Con ese objetivo había conseguido una cinta métrica muy larga que regresaba a su soporte con un simple clic. El recipiente que contenía la cinta tenía forma de murciélago, y la cinta, que era roja, parecía que fuera la larga lengua del animal. Me di cuenta de que nunca la volvería a ver.

–Mi maleta –dije– está en la estación.

–Te he comprado ropa –respondió Theodora, y me mostró una pequeña maleta destrozada que estaba en el asiento trasero–. Me dieron tus medidas, espero que te quede bien. Si no es así tendrás que perder o ganar peso o altura. Es ropa sencilla. La idea es que no llames la atención.

Pensé que vestido con ropa demasiado apretada o demasiada holgada probablemente llamaría la atención. Y pensé en los libros que tenía en la maleta junto al murciélago. Uno de ellos era muy importante para mí. Era una historia sobre el sistema de alcantarillas subterráneo de la ciudad. Había pensado tomar notas del capítulo 5 del libro mientras el tren cruzaba la ciudad. Cuando hubiéramos llegado a la Estación de Bellamy, habría hecho una pelota con las notas y, sin que nadie me viera, se la habría lanzado a mi socia. La tenía que encontrar de pie al lado del quiosco de revistas de Bellamy. Estaba todo planeado, pero ahora el territorio era diferente. Ella se pasaría horas leyendo revistas y más tarde cogería un tren para ir a hacer su propio aprendizaje. Y entonces, ¿qué haría ella? ¿Qué haría yo? Miré por la ventana y me hice estas y otras preguntas sin respuesta.

–Tu reticencia no es bienvenida– dijo Theodora, rompiendo mi amargo silencio–. Reticencia es una palabra que en este caso significa no hablar lo suficiente. Di algo, Snicket.

«¿Ya llegamos?», debería de haber preguntado, pero todo el mundo sabe que hacerle esta pregunta a un conductor no es muy buena idea.

–¿A dónde vamos? –acabé preguntando.

Pero Theodora no respondió. Se mordía los labios como si la hubiera decepcionado, así que hice otra pregunta que pensé que le gustaría más

—¿Qué significa la S?

—Se acabó la ciudad —me respondió. Y era verdad. En poco tiempo dejamos atrás el barrio, el distrito, la ciudad y ahora avanzábamos por una carretera sinuosa que hizo que agradeciera haber comido poco. El aire olía extraño, y eso hizo que cerráramos las ventanas del roadster. Parecía que iba a llover. Miré por la ventana y me di cuenta de que estaba oscureciendo. Había pocos coches en la carretera, pero todos estaban en mejor estado que el de Theodora. Casi me dormí dos veces mientras pensaba en los lugares y personas de la ciudad que realmente me importaban, y la distancia entre ellos y yo iba aumentado hasta hacerse tan grande que ni la lengua de murciélago más larga del mundo podría lamer la vida que dejaba atrás.

Un ruido hizo que dejara de pensar en eso. De repente la carretera era áspera e inestable. Theodora conducía por una carretera que llevaba hasta una colina pero a través de las ventanas sucias del roadster me era imposible ver el final del camino.

–Avanzamos sobre conchas –se justificó mi acompañante–. En este último tramo del camino vamos a encontrar muchas conchas y piedras.

–¿A quién se le pasó por la cabeza pavimentar así la carretera?

–Pregunta equivocada, Snicket –respondió–. Nadie la ha pavimentado, y en realidad no es una carretera. Este valle estaba bajo el agua. Lo drenaron hace años. ¿Entiendes ahora por qué no podíamos coger el tren?

En aquel momento sonó un pitido. Decidí no decir nada. Theodora me miró y después frunció el ceño mientras miraba por la ventana. A lo lejos podíamos ver la forma precipitada y alargada de un tren que cruzaba el valle lleno de baches por el que conducíamos. El tren avanzaba balanceándose en lo alto de un largo puente que reseguía la costa hasta una isla que solo parecía un montón de piedras del valle drenado. Theodora se dirigió hacia la isla, y mientras nos acercábamos pude ver un grupo descolorido de edificios de ladrillo, circundado por un muro también de ladrillo. Parecía una escuela o quizás la mansión de una familia rica y aburrida. En su momento debía haber sido un edificio elegante, pero ahora las ventanas estaban rotas y no había señales de vida. Mientras el roadster pasaba por debajo de un puente, me sorprendí al oír el sonido grave y cercano de una campana, que venía de una torre muy alta de ladrillos que parecía abandonada y triste encima de unas rocas.

Theodora carraspeó para aclararse la voz.

–Detrás de ti encontrarás dos máscaras.

–¿Máscaras? –le pregunté.

–No repitas todo lo que digo, Snicket. Eres un aprendiz, no un loro. Hay dos máscaras en el asiento de atrás. Las necesitamos.

Me giré y encontré las máscaras pero tuve que mirarlas detenidamente antes de reunir suficiente valor para cogerlas. Las dos máscaras, una de adulto y otra de niño, eran de un metal plateado y brillante, con una maraña de tubos de goma y filtros en la parte posterior. Delante tenían dos rendijas estrechas para los ojos y una pequeña ondulación para la nariz. Para la boca no había nada, quizás por eso las máscaras me miraban silenciosamente, de una manera escalofriante, como si estuvieran pensando que mi viaje no había sido una buena idea.

–Estoy totalmente de acuerdo –les dije.

Theodora frunció el ceño.

–La campana nos avisa para que nos ajustemos las máscaras. «Ajustar» es una palabra que en esta caso significa «ponerse en la cabeza». La presión a esta profundidad haría imposible que pudiéramos respirar.

–¿Qué presión?

–La presión del agua que nos rodea, Snicket. Enmascarado o no, deberías utilizar un poco la cabeza.

Mi cabeza me decía que no entendía cómo era posible que la presión del agua nos rodeara completamente. No había agua. Me pregunté a dónde había ido toda el agua que habían drenado del valle, y lo habría preguntado, pero me dije que esa era otra pregunta equivocada y pregunté otras cosa.

–¿Por qué lo hicieron? ¿Por qué drenaron el agua?

S. Theodora Markson cogió una de las máscaras y se la puso.

–Para salvar el pueblo –respondió con una voz ensordecida–. Ponte la máscara, Snicket.

Hice lo que me dijo Theodora. Dentro de la

máscara todo era oscuro y olía como una cueva o un armario que hubiera estado cerrado durante mucho tiempo. Unos cuantos tubos caían delante de mi boca, como si fueran gusanos ante un pez. Parpadeé tras las rendijas y miré a Theodora, que también parpadeaba.

–¿Funciona, la máscara? –me preguntó.

–¿Cómo voy a saberlo?

–Si puedes respirar, es que funciona.

No le dije que sí, que podía respirar, porque algo llamó mi atención.

Por la ventana del roadster vi una hilera de barriles destapados, grandes, redondos y viejos, que estaban al lado de unas máquinas que parecían enormes agujas hipodérmicas que un médico estuviera planeando utilizar con un gigante. Vi gente que comprobaba el funcionamiento de las agujas, pero con las máscaras puestas era imposible saber si se trataba de hombres o mujeres. Al girar los engranajes, las agujas se sumergían en el suelo de conchas, se levantaban llenas de un líquido negro y lo depositaban en los barriles provocando un chapoteo tranquilo. Después se sumergían otras vez, y así una y otra vez mientras yo miraba a través de las rendijas de la máscara.

–Petróleo –supuse.

–Tinta –me corrigió Theodora–. El pueblo se llama Stain'd-by-the-Sea. Y si no está al lado del mar es porque drenaron el valle, pero se sigue fabricando la tinta que hizo famoso el pueblo, una tinta capaz de hacer la más oscura de las manchas.

–¿Y la tinta está en esos agujeros?

–Estos agujeros son cuevas profundas y estrechas como pozos –dijo Theodora–. Y en esas cuevas viven los pulpos. De ahí la tinta.

Pensé en una amiga, que también se acaba de graduar, que lo sabía absolutamente todo sobre la vida marina.

–Yo pensaba que los pulpos solo escupen su tinta cuando se sienten en peligro.

–Me imagino que un pulpo debe encontrar terroríficas estás maquinas –dijo Theodora, y entonces giró el roadster en dirección a un estrecho camino de conchas que subía por una montaña escarpada. En la cima podíamos ver una luz tenue intermitente que atravesaba aquella tarde gris. Tardé un poco en darme cuenta de que se trataba de un faro situado en un acantilado, donde un día habían llegado las olas del mar. Ahora solo era un paisaje vasto y misterioso. Mientras el motor se quejaba de la cuesta, miré por la ventana de Theodora y vi que ante los barriles de tinta había algo extraño.

–Es el Clusterous Forest –dijo Theodora, antes de que yo se lo pudiera preguntar–. Cuando drenaron el mar, todo el mundo pensó que todo lo que iba a quedar serían algas que se marchitarían y morirían. Pero, por alguna misteriosa razón, las algas aprendieron a vivir en tierra firme. Y ahora, a lo largo de quilómetros, forman un bosque enorme. No es prudente ir a ese bosque, Snicket. Es un lugar salvaje y peligroso, no es un buen sitio ni para los hombres ni para los animales.

No era necesario que me dijera que no fuera al Clusterous Forest. Con solo mirarlo daba miedo. Más que un bosque parecía una masa sin fin de arbustos, con las hojas brillantes de las algas serpenteando, como si aún las agitara el agua. Incluso con las ventana cerradas podía olerse el bosque, el olor salobre de los peces y del suelo, y podía oírse el murmullo de las tiras de algas marinas que no se sabía cómo habían sobrevivido al drenaje del mar.

Cuando el roadster llego a la cima de la colina, la campana sonó otra vez para indicar el fin de la alerta. Después nos quitamos las máscaras y Theodora dirigió el coche hacia una carretera acabada de asfaltar que rodeaba el faro intermitente.

Pasamos ante una pequeña cabaña blanca y luego nos detuvimos ante una mansión que en realidad parecía más bien un choque de mansiones. Una parte parecía un castillo, con sus torres elevándose en el aire turbio; otra parecía una tienda de campaña, con su tela gris pesada que se extendía por un jardín lleno de flores con sus estatuas y su fuente; y otra parecía un museo, con grandes ventanas y puertas. Con las olas rompiendo en el acantilado la vista debía haber sido muy bonita. No volvería a serlo. Miré hacia abajo y vi que la parte superior del Clusterous Forest se movía, provocando una olas lentas que parecían una siniestra colada, y las agujas vertiendo tintas en los barriles.

Theodora frenó y bajó del coche, estiró las piernas y se quitó los guantes y el casco de piel. Por fin pude ver su pelo largo y grueso, que era tan extraño como todo lo que había visto durante el camino. Yo quizás necesitaba un corte de pelo, pero al lado de S. Theodora Markson parecía calvo. Su pelo iba de aquí para allá y formaba unas hileras de rizos como una cascada de hilos enredados.

Se me hizo muy difícil escucharla mientras hablaba.

—Escucha, Snicket —dijo mi acompañante—: estás a prueba. Tu afición a las preguntas y tus groserías no me gustan. «Afición» es una palabra que en este caso significa «costumbre».

—Sé lo que significa «afición» —le dije.

—Pues de eso exactamente es de lo que estoy hablando —dijo Theodora con severidad, y rápidamente se pasó los dedos por el pelo para intentar domesticarlo, cosa que era tan imposible como domesticar sanguijuelas—. Nuestro primer cliente vive aquí, y ahora vamos a encontrarnos con él por primera vez. Habla lo mínimo y déjame trabajar. Soy excelente en mi trabajo. Ten la boca cerrada y aprende, y recuerda que solo eres mi aprendiz. ¿Lo entiendes?

Lo entendí. Tras mi graduación me habían facilitado una lista de las personas con las que podría aprender, y esas personas estaban clasificadas según sus éxitos profesionales. En la lista había cincuenta y dos acompañantes. S. Theodora Markson era la número cincuenta y dos.

Estaba equivocada. No era excelente en su trabajo, y por eso quise ser su aprendiz. El mapa no es el territorio. Me había imaginado haciendo de aprendiz en la ciudad; eso me hubiera permitido llevar a cabo una labor muy importante junto a alguien en quien podía confiar plenamente. Pero el mundo no coincidía con la imagen que yo tenía en mi cabeza, y por eso estaba con una persona extraña, ante un mar sin agua y un bosque sin árboles.

Seguí a Theodora a lo largo de una camino

formado por escalones de ladrillo que llevaban a la puerta principal, donde ella tocó el timbre seis veces seguidas. Era como si estuviéramos haciendo algo equivocado, ante la puerta equivocada, en el lugar equivocado.

Pero allí estábamos.

Saber que te estás equivocando pero seguir adelante es algo que pasa con bastante frecuencia, y dudo que alguna vez llegue a entender por qué.

CAPÍTULO 3

Después de que Theodora tocara seis veces el timbre, pude oír unos pasos que se acercaban, pero mi cabeza ya no estaba allí. Me imaginaba lejos de esa mansión extraña en ese lujar lejano, me imaginaba que estaba de nuevo en la ciudad, con mi cinta métrica, al lado de mi socia. Me imaginaba todas las cosas que había puesto en mi maleta. Y también imaginé que no necesitaba aquella extraña mascara brillante y sobre todo tuve una visión de mí mismo en la que no tenía demasiada hambre. Había pensado comer alguna cosa en el tren, pero habíamos cubierto una larga distancia en el descapotable de Theodora sin probar bocado. Mentalmente me sentía tan satisfecho como si hubiera asistido a un banquete, pero en Stain'd-by-the-Sea mi estómago rugía de una manera horrible.

Quizás por eso ni me fijé en el mayordomo que nos abrió la puerta ni en el pasillo por el que nos hizo avanzar mientras él abría una puerta y nos rogaba que esperáramos en la biblioteca. Debería haber estado atento. Un aprendiz tiene que estar atento a los detalles, particularmente cuando el mobiliario no es el adecuado o cuando la biblioteca que le muestran solo dispone de un puñado de libros. Pero ni siquiera miré atrás cuando el mayordomo cerró la puerta. Y en lugar de fijarme en la gran sala oscura, me fijé en una mesita sobre la que había una bandeja brillante con una tazas de té y un plato con una docena de galletas. Me acerqué para verlas mejor. Eran galletas de almendra, pero me habría dado lo mismo que hubieran sido de espinacas o de zapatos. Me comí once galletas y dejé la última. Comerse la última es de mala educación.

Theodora, que se había sentado en un pequeño sofá, me miró disgustada.

—No es correcto, Snicket —dijo, ladeando la cabeza—. Es absolutamente incorrecto.

—Le he dejado una —le dije.

—Siéntate a mi lado y calla un poco —dijo mientras golpeaba el sofá con uno de sus guantes—. El mayordomo ha dicho que esperemos y eso es lo que haremos.

Esperamos. Esperamos tanto rato que acabé por levantarme para coger algo para leer. Los pocos libros que había en la biblioteca eran ese tipo de libros que la gente suele dejar a medias para olvidarlos para siempre. Leí cinco capítulos de un libro sobre un chico llamado Johnny, que vivía en América, cuando América aún era Inglaterra. Un día el tal Johnny se quemó la mano y tuvo que dejar su miserable trabajo de orfebre. A partir de ese momento Johnny se empezó a interesar por la política local. Empecé a sentir pena por Johnny, pero tenía otras cosas en las que pensar y devolví el libro a la estantería justo en el momento que una anciana que se ayudaba con un bastón negro entró en la biblioteca.

–Disculpen por la espera –dijo con la voz más decrépita que yo había oído jamás–. Soy la Sra. Murphy Sallis.

–S. Theodora Markson –dijo S. Theodora Markson mientras se levantaba y me obligaba a colocarme a su lado–. Me dijeron que mi cliente era un hombre.

–No soy un hombre –dijo aquella mujer mientras levantaba las cejas.

–Ya lo veo –dijo Theodora.

—Encantado de conocerla —dije rápidamente.

Theodora me miró, pero la Sra. Murphy Sallis me sonrió brevemente y después me ofreció su mano, que era tan lisa y suave como una lechuga pasada.

—Un chico encantador —dijo, y miró a Theodora—. ¿Qué significa la S?

—¿Sabía que Snicket es mi aprendiz? —le preguntó Theodora mientras le daba un sobre a la anciana. La Sra. Sallis lo abrió y, sin ofrecernos más galletas, se sentó para leerlo. Incluso en la penumbra de la biblioteca me di cuenta de que la insignia del sobre era exactamente la misma que la de mi carta de presentación. No me pareció importante. La anciana parecía tan interesada por la carta como yo por las piezas de orfebrería de Johnny.

—Está bien —dijo, y dejó la carta en la bandeja mientras miraba el plato lleno de migas de galleta. Entonces suspiró, como si se preparara para una interpretación importante, miró a Theodora y continuó.

–Necesito urgentemente su ayuda –le dijo–. Me han robado un objeto de valor incalculable, y tengo que recuperarlo.

–En primer lugar tenemos que saber de qué objeto se trata –le dijo Theodora.

–Lo sé –replicó la anciana–; ahora iba a decírselo. Es una pequeña estatua, más o menos de la medida de una botella de leche. Es de una madera extremadamente extraña, muy brillante y de color negro. La estatua ha sido propiedad de mi familia durante generaciones y es muy valiosa.

–Muy valiosa –repitió Theodora–. ¿Cuándo se la robaron?.

–Eso no lo sé –dijo la Sra. Sallis–. Hace mucho que no había estado en la biblioteca y normalmente la estatua estaba aquí, sobre esa repisa.

La anciana señaló la repisa de la chimenea. Efectivamente, no había nada encima.

–Hace un par de días, vine a la biblioteca a buscar una cosa y entonces fue cuando vi que había desaparecido. Desde entonces tengo el corazón en un puño.

–Hmm –dijo Theodora, y se dirigió rápidamente hacia las ventanas de la biblioteca, que estaban cubiertas por una pesada cortina. La arrastró hacia uno de los lados y repasó las dos ventanas, primero una y después la otra.

–Tienen el cerrojo echado.

–Siempre lo tienen –respondió la Sra. Sallis.

–Mmm –Theodora observó lentamente la repisa de la chimenea y después miró el suelo. No encontró nada. Lentamente dio dos pasos atrás y entonces se quedó mirando al techo–. ¿Qué hay encima de esta habitación?

–Un pequeño salón, creo –respondió la anciana.

–El ladrón podría haber entrado por el salón –dijo Teodora–. Él o ella podría haber hecho un agujero en el techo, claro, y después la gravedad habría hecho el resto. El ladrón se debió dejar caer justo ante la repisa de la chimenea.

Los tres miramos el techo, que era blanco y rojo como la piel de una manzana.

—Cola —dijo Theodora—. El agujero lo han tapado con cola y yeso.

La anciana se puso la mano en la cabeza.

—Sé quién lo ha robado —dijo.

Theodora tosió un poco.

—Bien, nada nos asegura que necesariamente hayan tenido que entrar por el techo.

—¿Quién lo ha robado? —le pregunté.

La vieja se levantó y se fue cojeando hasta una de las ventanas. Señaló el faro que habíamos visto en el camino.

—La familia Mallahan —dijo—. Siempre han sido enemigos de mi familia. Juraron que robarían la estatua, y al final lo han hecho.

—¿Por qué no avisó a la policía? —le pregunté.

La Sra. Murphy Sallis se quedó sorprendida y balbució durante unos segundos hasta que Theodora la interrumpió.

–Porque nos ha avisado a nosotros –afirmó–. Esté tranquila, Sra. Sallis. Encontraremos esa estatua y llevaremos a los ladrones ante la justicia.

–Yo solo quiero que la estatua regrese a su legítimo propietario –se apresuró a decir la anciana–. No quiero que nadie sepa que trabajan para mí, y no quiero que les pase nada malo a los Mallahan. Son buena gente.

No es muy habitual escuchar cómo alguien se refiere a los enemigos de su familia como «buena gente», pero Theodora asintió y dijo:

–Entendido.

–De verdad –insistió la anciana–. ¿Me prometen que devolverán la estatua a su legítimo propietario, y que serán discretos con el nombre Sallis?

Mi acompañante agitó rápidamente la mano

ante su cara, como si quisiera ahuyentar a un insecto.

—Sí, sí, claro.

La Sra. Sallis me miró.

—¿Y tú, qué, chico? ¿Me lo prometes?

La miré directamente. Para mí hacer una promesa a alguien no tiene nada que ver con levantar la mano como si quisiera ahuyentar a un insecto.

—Sí —le dije—. Me comprometo a devolverle la estatua a su legítimo propietario y prometo ser discreto sobre quién nos ha contratado.

—La Sra. Sallis me ha contratado a mí —me recordó seriamente Theodora—. Tú solo eres mi aprendiz. Bien, Sra. Sallis, creo que ya hemos acabado.

—Quizás la Sra. Sallis nos podría explicar cómo es la estatua —dije.

—Lo siento —le dijo Theodora a la Sra. Sallis—. Creo que mi ayudante no nos ha escu-

chado. Pero yo se lo recordaré: la estatua es del
tamaño de una botella de leche y de una madera
brillante y negra.

–¿Pero qué es la estatua?

La Sra. Murphy Sallis cojeó un paso más, y
me dedicó una mirada larga y oscura.

–La Bombinating Beast –dijo– es una criatura mítica que se parece a un caballito de mar.
Su cabeza se parece a esto –dijo, mientras nos
mostraba el puño de su bastón. Se trataba de una
criatura esculpida que se parecía tanto a un caballito de mar como un halcón puede parecerse a
un pollo. Sus ojos eran una raya feroz, y su boca,
que parecía gruñir, estaba llena de hileras y más
hileras de dientes afilados. Ni siquiera hacía gra-
cia en el extremo de un bastón, pero ya se sabe
que hay gente que coloca cosas horribles en las
repisas de las chimeneas.

–Gracias –dijo Theodora–. Tendrá noticias
nuestras, Sra. Sallis. Ahora nos vamos.

–Gracias –dijo la anciana, y soltó otro profundo suspiro mientras nosotros ya avanzábamos por el pasillo. Fuera vimos al mayordomo. Estaba en el césped. Nos daba la espalda y sostenía una especie de palangana llena de semillas que lanzaba a unos pájaros que revoloteaban asustados.

Los pájaros piaban y él los imitaba a la perfección. Me hubiera gustado quedarme una rato más mirándoles, pero Theodora puso en marcha el roadster antes de que yo tuviera tiempo de cerrar la puerta...

–¡Este caso será fácil! –dijo con alegría–. No es frecuente que un cliente te dé el nombre del criminal. Me traes suerte, Snicket.

–Si la Sra. Sallis sabía quién era el ladrón, ¿por qué no llamó directamente a la policía?

–Eso no importa –dijo Theodora–. Lo que tenemos que hacer es investigar cómo consiguieron romper el techo los Mallahan.

–No sabemos si hicieron un agujero en el techo –contesté.

–Las ventanas tenían el cerrojo echado –replicó Theodora–. No han podido entrar de otra manera.

–Podrían haber entrado por la puerta –le dije, pero Theodora se limitó a negar con la cabeza y a continuar conduciendo. Pasamos ante la pequeña cabaña blanca y después se detuvo ante el faro, que necesitaba una mano de pintura con urgencia y parecía que se inclinaba ligeramente hacia un lado.

–Escucha, Snicket –dijo ella mientras se quitaba el casco–. No podemos llamar a la puerta de unos ladrones para decirles que estamos buscando un objeto robado. Vamos a tener que mentir, una palabra que en este caso significa que vamos a engañarles. Y no me digas que ya sabes lo que significa. De hecho, no digas nada. ¿Me has oído, Snicket?

Claro que la oí y, por lo tanto, no dije nada de nada. Ella se dirigió a la puerta del faro y llamó al timbre. Seis veces.

—¿Por qué siempre...?

—He dicho que no digas nada —susurró Theodora mientras se abría la puerta. Ante nosotros apareció un hombre que vestía un albornoz y tenía la boca terriblemente abierta porque estaba bostezando de una manera impresionante. Tenía pinta de no haberse sacado ese albornoz de encima durante años.

—¿Sí? —dijo cuando acabó su bostezo.

—¿El señor Mallahan? —le preguntó Theodora.

—Soy yo.

—Usted no me conoce —dijo Theodora con una convincente voz falsa—. Estamos de luna de miel y estamos locos por los faros. ¿Podemos entrar y charlar un rato con usted?

El Sr. Mallahan se rascó la cabeza. Yo escondí mis manos para que no viera que no llevaba ninguna alianza, pero de repente pensé que no era muy creíble que un chico de mi edad estuviera casado con una mujer de la edad de Theodora, así es que al final dejé mis manos donde estaban.

–Supongo que sí –dijo el hombre, y nos hizo pasar para llevarnos a una pequeña habitación donde había una gran escalera de caracol. La escalera sin duda llevaba a la parte superior del faro, pero para llegar hubiera sido necesario pasar por encima de una chica que estaba sentada en uno de los escalones escribiendo a máquina. Debería tener mi edad, pero la máquina era bastante más vieja. Acabó una frase y después hizo una pausa para mirarme y me sonrió. Su sonrisa era realmente agradable, como el sombrero que llevaba, que era de color marrón con la copa redondeada como una «a» minúscula. Cuando levantó la vista de las teclas, me di cuenta de que sus ojos estaban llenos de preguntas.

–Intentaré encontrar el café –dijo el Sr. Mallahan mientras señalaba una pequeña cocina terriblemente desordenada–. ¿Quieren café?

–No –dijo Theodora–, pero le acompañaré para hablar con usted mientras los chicos juegan.

El Sr.Mallahan encogió los hombros y avanzó hacia la cocina, mientras Teodora le seguía y me hacía señales para que me fuera. Siempre es terrible cuando te dicen que juegues con alguien a quien no conoces, pero aun así subí unos cuantos escalones para llegar hasta donde estaba la chica.

–Soy Lemony Snicket –le dije.

Ella dejó de escribir y puso una pequeña tarjeta en la cinta de su sombrero para que yo la leyera.

MOXIE MALLAHAN.
LAS NOTICIAS

—«Las noticias» —repetí—. ¿Pero qué noticias, Moxie?

—Eso es lo que intento saber —respondió ella, y escribió unas pocas palabras más—. ¿Quién es la mujer que ha llamado a la puerta? ¿Cómo puedes estar casado con ella? ¿De dónde vienes? ¿Qué es esa tontería de que estás loco por los faros? ¿Por qué te ha hecho marchar? ¿Y Snicket se deletrea cómo suena?

—Sí —le dije respondiendo primero su última pregunta—. ¿Eres periodista?

—Soy la única periodista que queda en Stain'd-by-the-Sea —contestó Moxie—. Lo llevo en la sangre. Mis padres eren periodistas cuando este lugar además de ser un faro también era un periódico, el *Stain'd Lighthouse*. ¿Quizás hayas oído hablar de él?

—No lo sé —le dije—, pero es que no soy de aquí.

—El periódico ya no existe —dijo Moxie—,

pero yo sigo intentado saber todo lo que pasa en el pueblo. Por lo tanto…

–¿Por lo tanto qué?

–Por lo tanto, ¿qué está pasando aquí, Snicket? Dime qué haces aquí –insistió Moxie mientras colocaba sus dedos encima de las teclas para escribir lo que yo le dijera.

–¿Normalmente sabes todo lo que pasa en el pueblo? –le pregunté.

–Claro que sí –dijo.

–¿De verdad, Moxie?

–De verdad, Snicket. Explícame qué haces aquí y a lo mejor podré ayudarte.

Dejé de mirar su máquina de escribir y la miré a los ojos. Eran de un color muy interesante, gris oscuro, como si alguna vez hubieran sido negros pero alguien se los hubiera lavado, o quizás era que la habían hecho llorar demasiado.

–¿Puedo decírtelo sin que lo escribas? –le pregunté.

—¿*Off the record*, quieres decir?

—*Off the record*, sí.

Metió su mano bajo la máquina de escribir y tocó algo que hizo que de repente se plegara para convertirse en una especie de cuadrado con un asa, como si fuera un maletín negro.

—¿Qué es ese ruido?

Miré detrás de la escalera para asegurarme de que nadie estuviera escuchando.

—Estoy intentando resolver un misterio —le dije— sobre la Bombinating Beast.

—¿La criatura mítica?

—No, sobre su estatua.

—¿Esa vieja baratija? —dijo, sonriendo—. Vamos arriba.

Se levantó y corrió rápidamente por la escalera de caracol. Los golpes de sus zapatos en los escalones hubiera podría provocar jaqueca a cualquier madre, a cualquier madre que sufriera de jaquecas. La seguí hasta una gran sala donde los trastos se amontonaban en columnas que casi llegaban el techo. Había máquinas grandes y polvorientas con las manecillas y botones cubiertos de telas de araña porque hacía años que nadie las había utilizado. Había mesas con sillas encima y montones de periódicos guardados bajo los escritorios. Se notaba que había sido un espacio donde trabajaba mucha gente, pero ahora, dejando de lado a los fantasmas, a Moxie y a mí, no había nadie.

—Esta era la sala de redacción —dijo la chica—. El *Stain'd Lighthouse* estaba aquí, y se escribía de día y de noche. Esta era el centro de operaciones. Revelábamos las fotografías en el sótano, y los reporteros escribían las historias en la sala del faro. Imprimíamos el papel con tinta fresca del día y dejábamos que se secara colgado en el calabrote que pasa justo por la ventana.

—¿Calabrote? —pregunté, y ella golpeó la ventana para que se abriera. En el exterior, colgado entre los árboles había un grueso cable que bajaba por la colina hasta las ventanas de la mansión que acababa de visitar.

–Me parece que va hasta la casa de los Sallis –le comenté.

–Los Mallahan y los Sallis hemos sido amigos desde siempre –añadió Moxie–. Ellos nos daban agua de su pozo y nuestros reporteros especializados en ciencia realizaron una investigación en sus tierras. Nuestro editor les alquiló la casa de huéspedes y nosotros abríamos el foco del faro para que pudieran jugar partidos de bádminton a media noche. Evidentemente, todo esto se acabó.

–¿Por qué?

–No había suficiente tinta –dijo Moxie–. La industria se fue desmoronando a medida que se agotaban las últimas colonias de pulpos. El pueblo entero acabará desapareciendo, Snicket. Hay una biblioteca, una comisaría y unas pocas tiendas, pero más de la mitad de los edificios están vacíos. El *Stain'd Lighthouse* tuvo que cerrar y muchos de los trabajadores de la tinta fueron despedidos. El tren ya solo pasa aproximadamente una vez al mes por Stain'd-by-the-sea, y pronto dejará de hacerlo. Mi madre recibió una oferta para trabajar en la ciudad, y se fue a trabajar a otro periódico.

–¿Cuándo te irás con ella? –le pregunté.

Moxie se quedó un rato en silencio, mirando por la venta. Me di cuenta de que la había hecho llorar.

–Tan pronto como pueda –dijo tras un suspiro. Y me di cuenta de que había hecho la pregunta equivocada otra vez.

–La Bombinating Beast... –le recordé.

–Ah, sí –dijo ella, mientras se acercaba a una mesa cubierta por una sábana.

–La Bombinating Beast era una especie de mascota del periódico. Su cuerpo tenía la forma de la S de Stain'd. La leyenda explica que

hace cientos de años Lady Mallahan encontró la Bombinating Beast. Tenemos una buena colección de merchandising de la Bombinating, aunque nunca le ha interesado a nadie, si exceptuamos…

–Snicket. –La voz de Theodora venía de la parte inferior de la escalera–. Nos vamos.

–¡Un minuto! –le contesté.

–Un minuto, Snicket –respondió Theodora, pero no me dejó ni ese minuto. Me quedé para ver como Moxie levantaba la sábana para mostrar una mesa llena de trastos. Miraras donde miraras encontrabas la cara del caballito de mar de la Bombinating Beast, pero no por eso era menos terrible. Había tres Bombinating Beast de peluche que debían de servir para asustar a los bebés y un mazo de cartas con la Bombinating Beast impresa en el dorso. Había tazas Bombinating Beast y cuencos de cereales Bombinating Beast, sobres Bombinating Beast y servilletas individuales Bombinating Beast. Pero al lado del cenicero Bombinating Beast y de los candelabros Bombinating Beast, había un objeto negro brillante. Moxie había dicho que era una baratija, y la Sra. Murphy Sallis había dicho que su valor era incalculable. Era de la medida de una botella de leche. Era la Bombinating Beast, la estatua que estaba buscando, llena de polvo y olvidada como el resto de objetos de la habitación.

–¡Snicket! –gritó otras vez Theodora.

Pero no contesté. Me dirigí hacia la estatua.

–Hola –le dije–. ¿Qué haces aquí?

Moxie me miró y sonrió.

–Creo que el misterio está resuelto, Snicket.

Pero también se equivocaba.

CAPÍTULO 4

—Mientras jugabas con aquella chica de pies planos he conseguido resolver el misterio. He llegado a la conclusión de que la Bombinating Beast está en ese faro —dijo Theodora, mientras arrancaba el roadster y se colocaba el casco.

—Está allí —confirmé.

—¿Tú también lo crees? —me preguntó Theodora—. He charlado un buen rato con el Sr. Mallahan y me ha dicho que trabajaba en el periódico,

pero parece que últimamente no ha tenido demasiada suerte, ¿eh?

Mi acompañante me miró como si yo tuviera
que devolverle el «¡Eh!», pero todo lo que me
salió fue una tranquilo «Ah».

Para ir al pueblo tuvimos que pasar ante la
mansión. Moxie tenía razón. El pueblo estaba
vacío. Stain'd-by-the-Sea debía haber sido un
pueblo normal, con sus tiendas llenas de artículos y productos, su restaurantes llenos de comida, y los ciudadanos yendo y viniendo. Pero
todo se había vuelto gris. Muchos edificios tenían las ventanas rotas o tapadas, y el hormigón
de las aceras estaba lleno de grietas. Y también
había botellas y latas vacías que el viento hacia
rodar aburridamente. Muchos bloques de pisos
estaban completamente vacíos y en las calles no
había coches ni peatones. Unas calles más allá
había un edificio que tenía forma de pluma es-
tilográfica, que se elevaba sobre la ciudad, como

si Stain'd-by-the-Sea estuviese a punto de ser tachado.

No me gustó. Me pareció que cualquiera podía entrar en el pueblo, hacer lo que le diera la gana y marcharse sin que nadie pudiera hacer nada por evitarlo. Incluso el Clusterous Forest parecía más seguro.

—Sin trabajo y sin mujer, un hombre puede desesperarse —dijo Theodora—. Como mínimo se puede desesperar tanto como para robar una estatua muy valiosa a sus enemigos. Cuando le pregunté si tenía otras cosas valiosas, me miró extrañado y me dijo algo sobre su hija. Creo que tiene la estatua escondida en algún lugar.

—La tiene arriba —le dije—, encima de una mesa, cubierta con una sábana.

—¿Cómo? —Theodora se detuvo en un semáforo en rojo. No había otros coches, solo semáforos que indicaban dónde debíamos detenernos y dónde no.

–¿Cómo la encontraste?

–Su hija me la enseñó –le dije–. Y, por cierto, no tiene los pies planos, solo lleva unos zapatos de suela rígida.

–Dime –me pidió Theodora–, ¿cómo has conseguido que te la enseñara?

–Se lo he pedido –contesté.

–Nos debe de estar vigilando –dijo Theodora haciendo una mueca–. Si queremos recuperarla, lo mejor será que actuemos rápido.

–¿Cómo podemos saber si realmente la robaron? –le pregunté.

–No seas simple, Snicket; la Sra. Sallis nos dijo que se la habían robado de la repisa de la chimenea.

–Moxie me dijo que la estatua pertenecía a su familia. La Bombinating Beast era la mascota del *Stain'd Lighthouse*. Tenemos que seguir investigando.

–No vamos a hacerlo –dijo Theodora firmemente–. No pienso acusar de embustera a una mujer distinguida y creerme la palabra de una niña. Especialmente de una niña con un nombre ridículo.

–Esto me recuerda... –le dije–. ¿Qué significa la S?

–Simple –dijo, moviendo la cabeza, mientras detenía el coche. Aparcamos ante un edifico que tenía la azotea hundida y un porche lleno de plantas muertes dentro de macetas agrietadas. En un cartel de madera, que en su momento, cuando fue pintado siglos atrás, debía haber sido magnifico, se podía leer THE LOST ARMS.

–Es nuestra sede –dijo Theodora mientras se sacaba el casco y movía su pelo–. Será nuestro alojamiento, nuestro centro neurálgico, nuestra oficina, nuestro cuartel general. Nos quedamos aquí, Snicket. Coge las maletas.

Ella subió por las escaleras y yo salí del roadster y miré aquella lúgubre calle. Vi un local abierto en los bajos del edificio. Era un restaurante de aspecto solitario llamado Hungry's. Me di cuenta de que la calle acababa sin salida en un edificio alto, de color gris, con un pilar a cada lado de la puerta. La calle estaba desierta y, aparte del roadster, solo había otro coche, un taxi amarillo abollado que estaba aparcado delante del restaurante. Otra vez sentí hambre, o quizás todavía era el hambre de antes. Sentía el estómago vacío, pero mientras estaba allí de pie, cada vez estaba menos seguro de tener estómago y, al final, me incliné y cogí las dos maletas del asiento trasero del coche, la que Theodora había dicho que era mía y otra más grande que debía de ser la suya. Pesaban mucho como para subirlas a peso por las escaleras de entrada; cuando entré en el The Lost Arms, tuve que dejarlas un momento en el suelo para poder recuperar el aliento.

El olor del vestíbulo era muy extraño, como si dentro hubiera mucha gente, pero lo cierto es que estaba totalmente vacío. Había un pequeño sofá sucio y una mesa aún más pequeña que, aunque no era fácil de ver, empataba en suciedad con el sofá. Encima de la mesa había un cuenco con cacahuetes salados y polvorientos. En una esquina había una pequeña cabina, donde un hombre sin sombrero hablaba por teléfono. Me esperé un momento por si colgaba y me daba la oportunidad de llamar. También había un mostrador en la otra esquina, donde Theodora hablaba con un hombre delgado que se frotaba las manos, y justo en medio del vestíbulo había una estatua de yeso de una mujer desnuda a la que le faltaban los brazos.

—Supongo que esta está peor que yo —me dije.

—Basta de perder el tiempo, Snicket —me gritó Theodora, y yo llevé las maletas hasta el mostrador. El hombre delgado le dio dos llaves a Theodora y una a mí.

—Bienvenidos a The Lost Arms —dijo aquel

tipo con una voz tan delgada como él mismo. Su actitud me recordó una palabra que me habían enseñado y había olvidado. La tenía en la punta de la lengua, de la misma manera que tenía la última miga de las galletas que me había comido.

–Me llamo Prosper Lost y soy el dueño y director de este establecimiento. Llámenme Prosper. Pueden llamarme a cualquier hora para lo que sea. El teléfono está allí.

–Gracias –le dije, mientras pensaba que era más probable que fuera a la recepción que al teléfono.

–De acuerdo con la solicitud que hicieron –continuó Prosper–, les he preparado la habitación más barata, la suite Far East, situada en la segunda planta. Me temo que hoy el ascensor se ha averiado, por lo que tendrán que subir a pie. ¿Puedo preguntar cuánto tiempo se quedarán?

–Lo que haga falta –dijo mi acompañante, y caminó rápidamente hacia una escalera enmoquetada con unas barandillas que parecían más bien frágiles. No hacía falta que Theodora me explicara que «lo que haga falta» era una frase que en ese caso no significaba absolutamente nada.

Seguí a Theodora por las escaleras, arrastrando las maletas por un estrecho pasillo hasta llegar a la suite Fast East. Theodora luchó un rato con la llave hasta que consiguió abrir la puerta, y entonces entramos en nuestra habitación.

Probablemente nunca habéis estado en la suite Far East del The Lost Arms de Stain'd-by-the-sea, pero estoy seguro de que habéis estado en alguna habitación de la que habéis deseado salir corriendo, que viene a ser lo mismo. Prácticamente toda la habitación estaba ocupada por una gran cama y otra más pequeña separadas por una cómoda. Había una puerta que daba a un lavabo y una pequeña mesa en una esquina con una placa de metal enchufada a la pared, que probablemente servía para calentar comida. En el techo había una lámpara que más o menos parecía una estrella, y en las paredes lo único que había colgado era el cuadro de una niña que sostenía un perro con una pata vendada que estaba justo encima de la cama pequeña. La habitación era oscura y, aunque abrí los porticones de la única ventana, la suite Far East no se iluminó mucho más.

–¿Vamos a compartir habitación? – pregunté.

–¿A ti qué te parece, Snicket? –me preguntó Theodora–. Nos podemos cambiar de ropa en el lavabo. Ahora pon tu maleta debajo de la cama y vete a jugar o a lo que sea. Quiero deshacer mi maleta y después haré la siesta. Dormir un poco siempre me ayuda a pensar, y ahora tengo que pensar de qué manera vamos a conseguir la estatua.

–Hay un calabrote –le dije– que va desde el faro hasta la mansión Sallis.

–¿«Calabrote»?

—Un calabrote es un cable —expliqué.

—Ya lo sabía.

—¿De verdad? —le dije sin poder evitarlo—. A mí me lo dijo una chica.

Theodora se sentó en la cama grande y suspiró largamente mientras se pasaba las manos por el pelo.

—Déjame descansar, Snicket —dijo—. Regresa a la hora de cenar. Creo que hoy cenaremos más tarde.

—¿Más tarde que qué?

—Más tarde de lo habitual.

—Nunca hemos cenado juntos.

—No me estás ayudando, Snicket.

Yo también estaba inquieto. Puse mi maleta bajo la cama y salí de la habitación, cerrando la puerta tras de mí. Un minuto más tarde estaba otra vez en la acera, mirando la calle vacía, con las manos llenas de cacahuetes que había cogido en el vestíbulo. Tenía más intimidad fuera del

The Lost Arms que en la suite Far East, pero todavía no sabía qué hacer hasta la hora de cenar, así que decidí ir hasta el edifico de los pilares. Me pareció que era lo más interesante que podía hacer.

Yo era aquel chico de casi trece años que caminaba solo por una calle vacía de un pueblo medio desaparecido. Yo era aquel tipo que comía cacahuetes rancios y se preguntaba por un extraño y polvoriento objeto que había sido robado o que pertenecía a una familia o a los enemigos de esta o a sus amigos. Y, antes de todo eso, yo era un niño que había recibido una educación poco común, y antes había sido un bebé al que le gustaba mirarse en los espejos y meterse los dedos en la boca. Yo era aquel chico y aquel niño, y aquel bebé, y el edificio que tenía ante mí había sido el ayuntamiento. Ante mí tenía mi vida como adulto, y después como esqueleto, y después nada, excepto quizás un par de libros en unos estantes.

Y ahora tenía ante mí un césped descuidado y una estatua de metal tan gastada por la lluvia y el paso del tiempo que era imposible saber de qué o de quién era, incluso aunque estaba tan cerca como para tocarla. Las sombras de los dos pilares del edificio eran dos rayas onduladas, y el propio edificio parecía que había sido abofeteado varias veces por una criatura gigantesca que hubiera perdido la razón. Los pilares soportaban un arco con las palabras STAIN'D-BY-THE-SEA escritas con unas letras que una vez debían haber sido de color oscuro, pero grabadas en la pared podían verse otras letras: AYUNTAMIENTO, aunque era difícil leerlas, porque alguien había colocado dos carteles encima. En uno decía CO-MISARÍA y en el otro BIBLIOTECA. Decidí subir las escaleras y tomar la decisión más sensata.

La biblioteca era un espacio enorme, lleno de largos y altos estantes metálicos, y con la tranquilidad perfecta para alguien que está buscando una respuesta. Un misterio se resuelve con una historia. Una historia empieza con una pista, pero el problema es que, por lo general, nunca tienes ni idea de qué pista hay que seguir, aunque creas que lo sabes. Pensé que la pista era la Bombinating Beast descansando bajo una sábana en lo alto de un faro, y me pregunté si podía descubrir algo más. Atravesé la biblioteca buscando al bibliotecario y lo encontré tras un escritorio. Intentaba matar un par de polillas con un pañuelo de cuadros. Las polillas aleteaban encima de un pequeño cartel donde podía leerse DASHELL QWERTY. Era incluso más joven que los padres de algunos de mis amigos, y llevaba un peinado que parecía el resultado del ataque de un loco con unas tijeras de podar. Llevaba una chaqueta de cuero con diversos objetos metálicos en las mangas, que sonaban ligeramente cada vez que intentaba cazar las polillas.

—Disculpe, ¿es usted el bibliotecario? —le pregunté.

Qwerty atacó a las polillas con su pañuelo otra vez y luego se rindió.

—Bibliotecario ayudante —dijo con una voz tan profunda que por un momento pensé que los dos estábamos dentro de un pozo—. Stain'd-by-the-Sea no puede permitirse un bibliotecario fijo, por eso estoy aquí.

—¿Cuánto hace que está aquí?

—Desde que remplacé al anterior —dijo—. ¿Te puedo ayudar?

—Estoy buscando información sobre leyendas legales —le contesté.

—Probablemente la actriz Sally Murphy es la persona más famosa de Stain'd-by-the-Sea —me sugirió Qwerty—. Creo que tenemos un libro sobre ella en la sección de teatro.

—No busco ese tipo de leyendas —le dije—. Busco antiguas historias de criaturas extrañas.

Qwerty rodeó la mesa.

–Si me permites, te acompañaré a la sección de mitología –me dijo y, sin perder un segundo, me acompañó hasta una hilera de estantes en el centro de la sala–. También tenemos una buena sección de zoología y oceanografía, si te interesan los animales de verdad.

–Hoy no, gracias.

–Nunca se sabe; dicen que en cada biblioteca hay un libro que puede responder la pregunta que te hierve en la cabeza.

–Quizás sí, pero hoy no.

–Muy bien. ¿Te ayudo o quieres echar un vistazo por tu cuenta?

–Gracias, echaré un vistazo por mi cuenta –le contesté, y Qwerty asintió y se alejó sin decir nada. En la sección de mitología había unos cuantos libros que parecían interesantes, y uno de ellos me dio la impresión de que podría resultarme de gran ayuda. Desgraciadamente, no era uno de los que parecían interesantes. Me senté y abrí el libro *Los mitos de Stain'd-by-the-sea*.

Según el capítulo 7, la Bombinating Beast era una criatura mitológica, mitad caballo y mitad tiburón, aunque también había quien afirmaba que era mitad cocodrilo y mitad oso, y que vivía en las aguas cercanas a Stain'd-by-the-sea. Le gustaba la carne humana y emitía unos murmullos terribles... Me levanté y busqué «Bombinating» en un diccionario; era una palabra que en ese caso significaba un tipo de murmullo que emitía cuando atacaba a sus presas. Moxie me pareció una chica un poco inusual, pero no me dio la impresión de que mintiera. Y, según el libro, efectivamente, hacía cientos de años que Lady Mallahan había encontrado la Bombinating Beast. El autor especificaba que, muy probablemente, Lady Mallahan había encontrado una morsa muerta en la playa, cerca de los acantilados, y los lugareños se encargaron de convertir la morsa muerta en algo infinitamente más interesante. Según otras leyendas, era posible domesticar a la Bombinating Beast imitado su terrible murmullo, y también había otra leyenda sobre un mago capaz de someter la bestia.

Antiguamente sonaba un gong en la plaza del pueblo para alejar la bestia las noches sin luna. El gong había desaparecido, pero la leyenda persistía. Las madres aún les contaban a los niños y a sus esposos que, si no se terminaban la verdura, la Bombinating se los llevaría, y cuando llegaban Halloween y el Purim la gente aún solía disfrazarse de Bombinating Beast con unas máscaras que, a juzgar por las ilustraciones del libro, se parecían a la que yo había utilizado en el roadster. Se decía que los marineros aún veían a la Bombinating Beast nadando en forma de interrogante bajo el agua. Evidentemente, no parecía muy creíble.

El libro no decía nada de ninguna estatua,

valiosa o no, así que dejé de leer y salté al capítulo dedicado a las brujas de Stain'd, que tenían tinta en lugar de sangre. No pude evitar preguntarme qué era lo que tenían en sus plumas.

Estuve leyendo un buen rato, hasta que un ruido encima de mi cabeza me llamó la atención. Sonó como si una piedra hubiera impactado contra la pared. Alcé la vista y vi cómo, efectivamente, algo caía encima de la mesa. Era una piedra que había sido arrojada contra la pared prácticamente a la altura de mi cabeza. Estaría bien que en ocasiones como esta fuéramos capaces de decir algo inteligente, pero siempre acabamos diciendo lo mismo.

–¡Eh! –dije.

–Eh –repitió una voz burlona, y un chaval de mi edad asomó la cabeza por detrás de un estante. Era algo así como el hijo de un humano y de un tronco, con un cuello grueso y robusto, y un peinado extraño que parecía un plato al revés.

De uno de sus bolsillos sobresalía un tirachinas y tenía una extraña mirada muy desagradable.

–No me has dado por poco –le dije.

–Bueno, no puedo acertar siempre –respondió, avanzando hacia a mí. Quería parecer más alto que yo, pero no lo era–. Es muy difícil acertar siempre.

–¿Te parece divertido lanzar piedras a la gente que está leyendo? –le pregunté.

–Prefiero lanzárselas a los pájaros –respondió–, pero últimamente no hay muchos.

–Qué raro que no quieran estar con alguien tan agradable como tú– añadí.

–No te muevas –dijo el chaval, sacándose el tirachinas del bolsillo–. A ver si desde el otro lado de la biblioteca te doy en toda la cara de idiota.

De repente apareció Qwerty.

–Stew –dijo, un nombre que dicho con aquella voz profunda sonaba aún más terrible–. Sal de esta biblioteca ahora mismo.

–Tengo derecho a estar aquí –dijo Stew, mirando al bibliotecario–. Esto es una biblioteca pública.

–Y tú eres una molestia pública –le respondió Qwerty, cogiéndolo por el brazo para llevárselo hasta la puerta–. Fuera.

–Hasta pronto –me gritó Stew desde el exterior. Y se alejó sin decir nada más, mientras Qwerty se acercaba para examinar la pared.

–Lo siento –dijo mientras examinaba la pared–. Stew Mitchum es como la porquería que se engancha en el cubo de la basura. Siempre intento echarlo, pero ahí sigue. ¿Has encontrado lo que estabas buscando?

–Más o menos –le contesté–. ¿Puedo sacar libros de la biblioteca si no vivo en el pueblo?

–Lamentablemente, no –contestó Qwerty–. Pero abro la biblioteca muy pronto. Serás bien recibido y podrás leer todo lo que quieras. No es frecuente que la gente se interese por el teatro.

No me molesté en recordarle que la famosa actriz no era la leyenda que me interesaba.

–Gracias –le dije–. Me tengo que ir.

–Muy bien –replicó Qwerty–. Si tienes un carnet de biblioteca puedes solicitar libros en la biblioteca que esté más cerca de tu casa.

–¿Quiere decir que desde la biblioteca de mi ciudad me pueden enviar los libros aquí?

–No –respondió Qwerty–, pero puedes rellenar los papeles aquí y el libro te estará esperando en tu ciudad.

–No sé cuándo regresaré a mi ciudad –le dije. La ciudad y las personas que quería me parecían muy lejanas.

Qwerty metió una de sus manos en un bolsillo de su chaqueta y sacó un carnet en blanco.

–Mira, anota tu nombre y el título del libro, y así la persona encargada buscará el libro que solicitas.

Pensé rápidamente.

–¿Así que la persona que se encarga de buscar los libros buscará el título del que yo quiero?

–Sí.

–O su aprendiz.

–Supongo que sí –dijo Qwerty–. ¿Has cambiado de opinión?

–Sí –contesté–. Me gustaría pedir un libro en Fourier Branch.

–¿En Fourier Branch? –repitió Qwerty mientras cogía el lápiz que tenía detrás de su oreja–. ¿No es donde están construyendo esa nueva estatua?

–No estoy muy seguro –le dije, aunque estaba completamente seguro.

–¿Cómo te llamas? –me preguntó.

Se lo dije, y también le dije que mi nombre se escribía como sonaba. Él escribió mi nombre en mayúsculas; después se detuvo y alzó el lápiz.

–¿Y el autor del libro que estás buscando?

Me quedé en blanco durante un instante.

–¿Perdón? –le dije.

–¿«Perdón» es el nombre del autor?

–Sí –balbucí–. Creo que es belga.

–Belga –repitió. Me miró, escribió el nombre y me miró otra vez–. ¿Y el título del libro? –preguntó. Era una pregunta razonable. Y yo esperaba que mi respuesta también sonara razonable:

–Perdón, pero no puedo encontrarme contigo en la fuente.

Qwerty me dedicó una mirada tan inexpresiva como una de esas páginas en blanco para las anotaciones que a veces encontramos en los libros.

–Aquí tenemos la solicitud completa –dijo–. Es… «Perdón, pero no puedo encontrarme contigo en la fuente».

–Correcto –y Qwerty me miró un momento antes de escribirlo lentamente.

CAPÍTULO 5

Cuando regresaba al The Lost Arms me sentía más ligero de lo que me había sentido en todo el día. La biblioteca había sido reparadora, una palabra que una socia mía utilizaba para referirse a las actividades que limpian el cerebro y alegran el corazón.

Un refresco de zarzaparrilla puede ser tan reparador como abrir una puerta cerrada con llave. Con un poco de suerte, pensé, mi socia pronto recibiría mi pedido en la biblioteca de Fourier Branch y se ahorría un problema.

A mí, en cambio, me estaba esperando un problema en la entrada del The Lost Arms. Había un coche aparcado ante la puerta con una luz de color rojo en el techo.

Parecía un coche de policía, pero cuando estuve más cerca vi que era un viejo furgón con una especie de linterna en el techo. Aun así, en las escaleras de entrada del The Lost Arms había dos adultos uniformados hablando con Theodora. Ella tenía que mirar hacia arriba para hablar con ellos, y su expresión parecía preocupada. Yo había aprendido que jamás debe mantenerse una conversación seria en una posición en la que sea necesario tener que mirar hacia arriba para poder ver a tu interlocutor. Cuando me lo comentaron en clase pensé que era ridículo enseñar esto a los niños porque, en general, los niños suelen ser más bajos que los adultos; lo dije y acabaron castigándome. Tuve que sentarme en un rincón y, desde allí, la maestra todavía me pareció más alta.

–Snicket –dijo Theodora cuando llegué a la puerta del hotel–. Estos son los agentes Mitchum.

Los dos agentes me miraron. Se parecían tanto entre ellos que o bien eran gemelos o bien llevaban casados mucho tiempo. Los dos tenían el cuerpo en forma de pera, las piernas cortas y gruesas, los brazos rechonchos y sus cabezas eran más bien pequeñas, prueba de ello era que las gorras que llevaban les venían enormes.

–Mi mujer y yo tenemos que hacerle unas preguntas –dijo el oficial Mitchum en lugar de decir «Hola», «Encantado» o «He pensado que podía tener hambre y me he permitido la libertad de traerle unas costillitas de cabrito».

–Harvey –dijo la oficial bruscamente–. Se supone que no has de decir «mi mujer» cuando estamos en una misión oficial.

El primer oficial suspiró.

–Mimi, tú eres mi mujer estemos o no de servicio.

–No me lo recuerdes –respondió ella–. Ya he tenido un día suficientemente malo. Te tocaba vaciar el lavaplatos, Harvey, pero no te has acordado, y he tenido que hacerlo yo.

–Mimi, vale ya de incordiar.

–Yo no incordio.

–Sí que lo haces.

–Harvey, contar algo discretamente no es incordiar.

–¿Discretamente? He visto manadas de lobos que actuaban con más discreción.

–¿Cuándo has visto tú una manada de lobos?

–Vale, no he visto lobos, pero he estado en casa de tu hermana, con sus hijos…

No creo que nadie que esté leyendo esto necesite que le cuenten que una discusión entre dos adultos casados puede durar horas o días, y la única manera de que paren es interrumpir.

–Me han dicho que querían hacerme unas preguntas, ¿verdad?

–En efecto –dijo Mimi Mitchum–. Nosotros somos la ley en Stain'd-by-the-Sea. Atrapamos a los criminales y los montamos en el tren para que en la ciudad los metan entre rejas. Sabemos todo lo que pasa en este pueblo desde los campos hasta el Clusterous Forest. Por eso, cuando llegan forasteros, nuestro deber es darles la bienvenida y preguntarles qué están haciendo aquí.

–Nos encanta la tinta –despistó Theodora.

–Le dijo al Sr. Mallahan que le encantaban los faros.

–Nos encanta todo –dijo Theodora con una sonrisa desesperada.

–Lo que quiere decir –les expliqué– es que, aunque estamos aquí por trabajo, esperamos poder visitar todas las maravillas del pueblo. Ahora mismo, por ejemplo, yo venía de admirar su comisaría.

—Harvey colgó el cartel —dijo Mimi.

—Es cierto —dijo el oficial Mitchum—, pero si estamos aquí es para advertirles de que uno de los lugares que no les gustaría lo más mínimo sería nuestro calabozo. Hemos sabido que tras su llegada al pueblo ha sucedido un crimen. Un pequeño crimen, sin duda, pero crimen al fin y al cabo.

—¿Qué ha pasado? —pregunté.

—Alguien se ha cargado una farola —dijo Harvey Mitchum—. Muy cerca de la biblioteca alguien ha lanzado una piedra y ha roto la bombilla de la farola. Aún es pronto para suposiciones, pero no sería de extrañar que ustedes dos estuvieran implicados. ¿Dónde ha estado durante la última hora, Snicket?

—En la biblioteca —contesté.

—¿Alguien puede confirmar su coartada?

—Dashell Qwerty, el bibliotecario.

—Ese rufián –se burló Mimi Mitchum–. No me fío de la gente que no se preocupa de su aspecto.

—Yo creo que sí se preocupa –le dije–; debe de pasarse horas haciéndose ese peinado. Nos interrumpió un chaval con un tirachinas; Qwerty dijo que se llamaba Stew.

Los oficiales Mitchum se miraron.

—Nuestro hijo Stewart es un genio, un caballero –afirmó la mujer–. No es un criminal. Es más, ha venido con nosotros para darles las bienvenida.

La mujer señaló la camioneta haciendo un gesto con la cabeza, y yo vi cómo Stew sacaba la cabeza por la ventana del vehículo, estirando el cuello. Cuando los adultos lo miraron, esbozó una sonrisa que se le quedó fija en la cara.

—Encantado, Lemony –dijo con una voz falsamente alegre–. ¡Me encanta conocer gente agradable de mi edad! Espero que seamos amigos.

–¿Lo ves? –me dijo Harvey Mitchum mientras Stew me sacaba la lengua sin que nadie lo viera–. Es un chico encantador.

–Un encanto de chaval –repitió Mimi Mitchum–. Últimamente está muy interesado en la vida de las aves locales.

–Estoy convencido que de mayor será un científico brillante –dijo su esposo.

–O médico –añadió ella.

–Un médico brillante.

–Sí claro, Harvey; tú sabes que quería decir un médico brillante. No es necesario que me avergüences de esta manera.

–Yo no quería avergonzarte.

–Bien, entonces hablabas por hablar.

–Yo no estaba hablando por hablar.

–¿Entonces qué intentabas hacer? ¿Por qué tenías que salir con eso si no era para avergonzar a tu mujer?

–Antes has dicho que no tenía que decir «mi mujer» cuando estamos de servicio.

–Y tú me has dicho que yo era tu mujer estemos o no de servicio.

–Disculpen –les dije–. Si no tienen más preguntas, quisiera irme a mi habitación.

Los oficiales Mitchum me miraron, irritados porque había interrumpido su conversación.

–Les estaremos vigilando –dijo Mimi Mitchum, señalándome con un dedo sorprendentemente largo y, tras una breve disputa para decidir qué Mitchum iba a conducir, subieron al furgón y se alejaron.

Theodora me miró a los ojos.

–No llevamos ni un día en el pueblo –dijo– y ya tienes problemas con la ley. Me has decepcionado, Snicket.

–Yo no he rotó ninguna farola –le dije.

–Da igual –replicó ella, agitando su melena–. Esta noche nos vamos.

–¿Vamos a buscar un hotel con dos habitaciones?

–Quiero decir que esta noche seremos intrusos –dijo–, una palabra que en este caso significa que vamos a robar la Bombinating Beast y se la devolveremos a sus legítimos propietarios.

–Creo que la estatua ya está con sus legítimos propietarios –le dije, sin añadir que sabía perfectamente lo que significaba «intrusos» desde los diez años, cuando leí un cuento de un tipo británico con un divertido nombre falso–. He investigado un poco en la biblioteca y, según las leyendas locales, la familia Mallahan ha sido siempre la propietaria de la Bombinating Beast. Además, Moxie Mallahan me la enseñó y estaba polvorienta, por lo que deduje que no se había movido de allí en años.

–Las leyendas son leyendas –dijo Theodora con menosprecio–, y cualquiera puede echar polvo encima de un objeto para que parezca viejo. Hace años tuvimos un caso de dos hermanos que discutían por una colección de conchas. El hermano pequeño aducía que como las conchas estaban llenas de polvo no se habían movido de su casa, pero yo descubrí que era una argucia absurda. En cualquier caso todo está arreglado. He llamado a la mansión Sallis esta tarde, y he hablado con el mayordomo. Nos llevaremos la estatua del faro y la haremos llegar a la mansión por el calabrote. El mayordomo dejará abierta la ventana de la biblioteca y nos avisará con una vela cuando tengamos vía libre. Le entregaremos la estatua y caso cerrado.

Me pasó por la cabeza que quizás lo que había en las conchas no era polvo sino arena, y eso hacía que con toda probabilidad el hermano pequeño fuera el propietario de la colección. También me pasó por la cabeza que ese no era buen momento para decirlo. Mi acompañante se me acercó.

—Lo que tú tienes que hacer —me dijo— es entrar esta noche en el faro y esperar dentro. Exactamente a medianoche, me abrirás la puerta y me llevarás hasta el objeto en cuestión. No podemos fallar, Snicket. Nos vigilan.

—¿Se refiere a los oficiales Mitchum?

Theodora negó con la cabeza.

—Me refiero a alguien de nuestra organización. Allá donde va un acompañante, siempre hay alguien que le está vigilando. Esto no lo sabes, Snicket, pero de cincuenta y dos acompañantes, estaba en el décimo lugar. Si resuelvo el caso rápidamente, mi posición mejorará. Ahora vete. Nos veremos en el faro a medianoche.

—¿Y la cena? —pregunté.

—Ya he cenado, gracias.

—¿Y qué pasa con mi cena?

Theodora levantó las cejas y se fue hacía la escaleras.

—Esta es la pregunta equivocada, Snicket.

Hay cosas más importantes que la cena. Concéntrate en el caso.

La vi entrar en el The Lost Arms. Es cierto que hay cosas más importantes que la cena, pero es difícil pensar en ellas cuando no has cenado. Dejé tiempo suficiente para que Theodora llegara a la habitación, y después entré en el hotel, mientras me preguntaba quién podía estar vigilándonos en ese pueblo descolorido. Prosper Lost estaba de pie al lado de la estatua de la mujer sin brazos, con una sonrisa ansiosa dibujada en la cara. Recordé la palabra que había tenido en la punta de la lengua: «servil», una palabra que se refería a las personas que se comportan como sirvientes incluso cuando no lo son. Puede sonar agradable, pero no lo es.

—Buenas noches, Sr. Snicket —me dijo.

—Sí, más o menos —asentí, mirando hacia el vestíbulo. Theodora había dicho que había llamado a la mansión, y eso significaba que probablemente el teléfono no estaría ocupado. Esperaba que fuera así, pero una mujer con un largo pañuelo al cuello estaba llamando.

–¿Hay otro teléfono por aquí cerca? –pregunté.

Prosper Lost encogió los hombros.

––Lamentablemente, no.

–¿Podría llevarme a un sitio?

–Sí, por supuesto –dijo Prosper–. Por un módico precio, claro.

A lo mejor existía un pueblo donde la pelusilla de mis bolsillos pudiera considerarse una cantidad módica, pero sabía que Stain'd-by-the-Sea no era ese pueblo. A Prosper le di ese tipo de gracias que no quieren decir exactamente «ha sido de gran ayuda,» sino «vale, adiós,» y, efectivamente, se fue. Yo salí del The Lost Arm y me quedé un rato en la calle mientras me preguntaba qué podía hacer. Y entonces un coche se detuvo en la esquina, justo donde yo estaba. Era el taxi amarillo abollado que había visto antes. De cerca, aún parecía más abollado y, de hecho, una de las puertas estaba tan mal que casi no podían leerse las palabras TAXIS BELLEROPHON.

–¿Necesitas un taxi? –preguntó el conductor, y enseguida me di cuenta de que era un chico aún más joven que yo. Tenía una sonrisa amable y una pequeña herida en la cara, como si alguien le hubiera golpeado. Llevaba una gorra azul demasiado grande para él con las palabras TAXIS BELLEROPHON impresas en unas letras no tan maltrechas como las de la puerta del vehículo.

–Me temo que no tengo dinero –le dije.

–Bueno, tal y como están las cosas en este pueblo, prácticamente estamos trabajando por la propina.

–¿Te dejan conducir, a tu edad? –le pregunté.

–Esta noche estamos sustituyendo a mi padre –me respondió–. Está enfermo.

–¿Estamos?

El chico me hizo señales para que me acercara al taxi. Me apoyé en la puerta y vi que estaba sentado encima de un montón de libros para poder llegar al volante. Debajo, en el suelo del coche, otro chico, aún más pequeño, tenía las manos en los pedales. Su sonrisa era ligeramente malvada, como si fuera uno de esos niños que a veces empujan a su hermano con demasiada fuerza.

–Mi hermano y yo –dijo gritando–. Yo soy Pecuchet Bellerophon, y él es Bouvard.

Les dije mi nombre e intenté pronunciar los suyos.

–No es nada personal, pero ¡menudos nombres! ¿Cómo os llama la gente?

–A mí me llaman «Pela» –dijo el hermano que llevaba el volante–, y a él lo llaman «Cañas».

–Ah, ya –les dije–. Pues bien, Pela y Cañas, tengo que ir al faro.

–¿Al Mallahan? –dijo Pela–. Claro, sube.

Miré los libros sobre los que Pela estaba sentado; algunos eran libros que a mí me gustaban mucho.

–¿Seguro que tienes edad para conducir? –le pregunté.

–¿Y tú tienes edad para ir solo a la otra punta de la ciudad? –me respondió Pela–. Anda, sube.

Entré en el taxi, y Cañas pisó el acelerador. Pela conducía como un experto a través de los edificios medio desiertos de Stain'd-by-the-Sea. Vi unas tiendas de alimentación vacías pero abiertas, y unos grandes almacenes con unos maniquíes en los escaparates que parecía que se quisieran largar a casa. El sol empezaba a esconderse detrás de la torre en forma de pluma. Intenté pensar en la estatua de la Bombinating Beast, pero mi mente vagaba: en primer lugar viajaba a las cuevas donde los pulpos atemorizados soltaban su tinta, y después mi pensamiento se iba a una cueva todavía más grande, un agujero profundo. Me dije que tenía que dejar de pensar en las cosas que no podía remediar, y miré por la ventana mientras el taxi pasaba por delante de la mansión Sallis y subía por la colina.

–¿Vuestro padre ha llevado alguna vez a la Sra. Sallis a algún lugar? –les pregunté.

–No, no creo –me respondió Pela–. Cuando la familia Sallis estaba en el pueblo tenían su propio chófer.

–¿Y ahora no están en el pueblo?

–Si están aquí, nadie nos ha dicho nada –afirmó Cañas desde el suelo del coche.

En pocos minutos pasamos por delante de la cabaña blanca, y después Cañas, como un experto, detuvo el taxi ante la puerta del faro.

–¿Quieres que te esperemos para llevarte al pueblo? –me preguntó Pela.

–No, gracias –le respondí.

–Espero que sepas lo que te haces saliendo

del faro sin ningún medio para regresar. –Me abrió la puerta–. ¿Y la propina?

–Aquí tienes la propina –le dije–. La próxima vez que vayas a la biblioteca, coge un libro sobre un campeón.

–¿De ese autor negro?

–Sí; tiene algunos capítulos muy buenos.

–Este es el tipo de propina que nos interesa –dijo Cañas–. Pela me lee los libros entre carrera y carrera.

Tras salir del coche di un pequeño golpe en la puerta para despedirme. Pela me saludó, y el taxi volvió a ponerse en marcha. Esperé a que el ruido del motor se alejara, y después me quedé un rato mirando el faro. Esperaba, como lo esperaban los conductores del taxi, que supiera lo que estaba haciendo. Pero lo dudaba. Oí el rumor misterioso del viento a través de las algas del Clusterous Forest, y después se oyó un sonido más ordinario: la puerta se abría lentamente.

–Lemony Snicket –dijo una voz.

Me volví para mirar a la chica que había pronunciado mi nombre.

–¿Qué tal, Moxie?

–Dímelo tú. Eres el que ha llamado a mi puerta.

Miré el cielo oscuro y vi la línea tenue y gruesa del calabrote que pasaba por encima de mí y bajaba por la colina. «¿Por qué no?», pensé, y me volví hacia Moxie Mallahan.

–Me gustaría pedirte una cosa.

Ella me sonrió.

–¿Ah, sí? ¿Qué?

–Te quería pedir permiso para realizar un pequeño robo en tu casa, esta noche –le dije, y entré.

CAPÍTULO 6

—Es una petición muy amable, Snicket —dijo Moxie—, pero no estoy muy segura de que se pueda considerar un robo si el propietario te da permiso.

—¿Qué quieres decir? —le pregunté.

Moxie me miró y, bajando el ala de su sombrero, sus ojos parpadearon.

—Ya sabes a lo que me refiero, Snicket. Has venido a robar la Bombinating Beast, ¿verdad?

–¿Cómo lo sabes?

Moxie se dirigió hacia su máquina de escribir y se sentó en su lugar habitual, en la escalera, con una hoja enrollada en el carro de la máquina. Repasó el papel para leer lo que antes había escrito.

–Un desconocido llamó a la puerta –dijo–. Iba con una mujer mayor que se hace pasar por su esposa. El desconocido preguntó por un objeto en particular y cuando se lo enseñé se quedó muy sorprendido. Y aquí estás tú, hablando de un robo. ¿Y pues?

–Eres una gran periodista –le dije.

–La adulación me aburre, Snicket. ¿Has venido a robar la estatua sí o no?

–Sí –reconocí–. ¿Te parece horrible?

Su sonrisa aún se hizo más evidente.

–No, para nada –dijo mientras se apoyaba contra la puerta abierta del faro. Ajustó una tecla de su máquina y me miró fijamente a los ojos. No era más alta que yo, pero aún así tenía que mirar hacia arribar para encontrar su mirada, exactamente de la manera que me habían enseñado que no debía hacerlo.

–Lemony Snicket, creo que ya es hora de que me cuentes exactamente qué está pasando.

–¿De verdad has escrito eso para el periódico? –le pregunté–. Creía que el Lighthouse ya había cerrado.

–Hago prácticas de periodismo –me dijo–. Así, cuando deje este pueblo, estaré preparada para trabajar en un periódico.

–Cuando tu madre venga a buscarte –añadí.

–Basta de evasivas, Snicket. ¿Qué está pasando exactamente?

–Hay algo muy interesante en la estatua de la Bombinating Beast –le dije–. Protejo el nombre de mi cliente porque me lo ha pedido. Esa persona ha dicho que la estatua es suya y tiene un gran valor económico. Yo no creo que sea cierto. Creo que ha pertenecido a tu familia desde hace muchos años, desde que Lady Mallahan la encontró, y creo que si fuera muy valiosa no la tendríais bajo una sábana entre un montón de objetos polvorientos y olvidados. Pero da igual lo que yo crea. Me quedaré aquí hasta medianoche; entonces vendrá mi socia, cogeremos la Bombinating Beast, huiremos por el calabrote hacia la mansión, y habré terminado mi misión.

Moxie había estado escribiendo a un ritmo vertiginoso, pero se detuvo de repente.

–Esa persona que está interesada en la Bombinating Beast –dijo–, ¿vive aquí, en Stain'd-by-the-Sea?

–Sí –le respondí equivocadamente–. ¿Por qué lo preguntas?

Moxie cruzó la habitación para ir a un escritorio y, con cierta dificultad, abrió un cajón relleno de papeles. Era ese tipo de cajón que hay en todas las casas del mundo. Buscó entre los papeles y por fin encontró lo que estaba buscando.

—Mira esto —dijo.

«Esto» era un telegrama fechado seis meses antes de mi graduación. Iba dirigido al padre de Moxie, y había sido enviado desde una ciudad de la que nunca había oído hablar. Que estuviera escrito en el antiguo código de los telegramas, con el STOP al final de cada frase, hacía que el mensaje aún fuera más difícil de entender de lo que ya era.

QUERIDO SEÑOR STOP
ESTOY MUY INTERESADO EN
UNA DETERMINADA ESTATUA
STOP CREO QUE ESTÁ EN
SU CASA STOP CREO QUE SE
LLAMA BOMBINATING BEAST
STOP SI ESTÁ DISPUESTO A
VENDÉRMELA CREO QUE LE
COMPLACERÁ EL PRECIO QUE
ESTOY DISPUESTOA PAGAR STOP

POR FAVOR RESPÓNDAME TAN
PRONTO COMO LE SEA POSIBLE
STOP
FIN DEL MENSAJE

—«Creo que está en su casa» —leí en voz alta—.
«Creo que se llama Bombinating Beast». «Creo
que le complacerá.» Demasiadas creencias. ¿Qué
respondió tu padre?

—Mi padre nunca vio este telegrama —dijo
Moxie—. Cuando lo enviaron, yo ya me encarga-
ba de toda su correspondencia.

—¿Y tú contestaste?»

—No pude. La única oficina de telegramas
de Stain'd-by-the-Sea cerró a causa de la esca-
sez de tinta al día siguiente de que llegara este
telegrama.

—¿Sabes si su autor siguió mandando telegramas?

—Por lo que sé, sí.

—¿Lo has investigado?

Moxie negó moviendo la cabeza.

—No había nada que investigar —dijo—. El telegrama no está firmado y el pueblo está muy lejos. Además, francamente, hace seis meses tenía asuntos mucho más urgentes que una estatua que no le interesaba a nadie.

No quise presionarla sobre sus asuntos urgentes.

—El autor del telegrama y quien me ha contratado podrían ser la misma persona.

—Sea quien sea —dijo Moxie—, ¿quién iba a tomarse la molestia de robar una vieja y polvorienta estatua?

—Mi acompañante no lo ve así —le respondí.

—¿Y qué vamos a hacer hasta la medianoche?

Por fin me hizo una pregunta que yo podía contestar.

—Esperaba que pudiéramos cenar —le dije—. Hoy apenas he comido nada.

–Me temo que no tengo prácticamente nada –dijo Moxie–. Mi padre hoy ha dicho que iría al mercado, pero al final ni siquiera se ha quitado el albornoz. Me temo que todo lo que tengo es un montón de albahaca marchita.

–¿Tienes un limón, unas cuantas nueces, queso parmesano, un poco de pasta y aceite de oliva?

–Creo que sí –dijo Moxie–, pero me parece que el queso es asiago.

–Aún mejor –dije, y la seguí hacia la pequeña cocina del faro, que estaba llena de platos sucios y páginas y más páginas mecanografiadas. Moxie se dispuso a ordenar un poco la cocina; yo puse las nueces en el horno para que se tostaran con un poco de ajo pelado, y lo cubrí todo con aceite de oliva. Puse una olla con agua en el fuego mientras Moxie buscaba algo para beber en la nevera. Tenía la esperanza de que encontrara zarzaparrilla, pero lo único que encontró fue un poco de zumo de arándanos; no era malo, pero no mataba. Los dos nos dedicamos a arrancar hojas de albahaca de los tallos de la planta, rallamos el queso, exprimimos el limón y recogimos las semillas con un tenedor adornado con la imagen de la Bombinating Beast. Después puse la pasta a hervir y mezclé el resto de ingredientes. Pocos minutos más tarde, nos sentamos a una pequeña mesa de madera que bailaba ligeramente, mientras comíamos dos grande platos de *orecchiette al pesto*. Era lo que necesitaba. Acabé, me limpie la boca y me apoyé en la silla, que también bailaba un poco.

Moxie se acabó su zumo de arándanos.

–¿Y?

–¿Sabías que *orecchiette* quiere decir «orejitas» en italiano? –le dije–. Hay gente a la que no le gusta la idea de estar comiéndose un plato de…

–No te estaba preguntado eso, Snicket, y lo

sabes. ¿Quién puede querer una estatua que todo el mundo ha olvidado, y para qué?

—No lo sé –le contesté.

Abrió su máquina de escribir para anotar un par de frases.

—Hay algo de lo que está pasando que se nos escapa.

—Suele pasar –le dije–. El mapa no es el territorio.

—¿A qué te refieres?

—Es una manera adulta de expresar el lío en el que estamos.

—Los adultos nunca les cuentan nada a los niños.

—Los niños tampoco les cuentan nada a los adultos –le dije–. Los niños y los adultos de este mundo van en barcos totalmente separados, y solo se acercan los unos a los otros cuando necesitan algo o cuando los adultos quieren que nos lavemos las manos.

Moxie sonrió y empezó a escribir. Yo apilé los platos sucios en el lavadero, pero hubiera preferido estar sentado a la mesa y mirar cómo trabajaba Moxie.

–¿Te gusta esto? –le pregunté–. Me refiero a escribir sobre lo que pasa en el mundo.

–Sí, claro –dijo ella–. ¿Y a ti te gusta lo que haces, Snicket?

Me quedé mirando por la ventana de la cocina. La luna parecía un ojo.

–Hago lo que hago –le dije– con la finalidad de hacer otra cosa.

Estaba seguro que ella quería hacerme más preguntas, pero nos interrumpió el sonido solitario y familiar de la campana. Moxie me miró con cara de caballito de mar y luego miró el reloj de la pared.

–Normalmente no suena a estas horas –dijo.

–¿A qué hora suena normalmente?

–Depende. Durante un tiempo pareció que

cada vez era menos frecuente, pero últimamente vuelve a sonar cada dos por tres.

–¿Quién la toca?

Moxie se subió encima de su silla para llegar a un estante alto.

–La torre del campanario está en la Isla Offshore, donde estaba el internado de lujo que todo el mundo conocía como «El cajón superior».

–Es un nombre curioso –le dije–, porque, en general, las cosas más interesantes suelen estar siempre en el último cajón.

Moxie estuvo de acuerdo conmigo y sonrió.

–Antes la campana sonaba cuando celebraban la fiesta de despedida de los estudiantes, pero la Wade Academy cerró hace mucho. Ahora la campana la toca alguien de la guardia costera, creo, o quizás alguien del Consejo Octopus. Moxie cogió dos máscaras del estante y me dio una a mí–. No te preocupes, Snicket. Tenemos otras de recambio. No te entrará sal en los pulmones.

—¿Sal en los pulmones?

—Para eso es la campana —me explicó—. Cuando se levanta el viento, arrastra la sal de los depósitos que quedaron en tierra cuando drenaron el valle. Y eso hace que respirar sea peligroso. Las máscaras filtran la sal del aire.

—Creía que las máscaras eran para la presión del agua— le dije.

Moxie frunció el ceño dentro de su máscara.

—¿De dónde has sacado eso?

—Me lo dijo S. Theodora Markson. ¿Y tú de dónde has sacado lo de la sal en los pulmones?

—Una asociación redactó un panfleto que lo explicaba —dijo Moxie mientras miraba hacia el cajón—. No me gusta hablar con la máscara. ¿Por qué no leemos hasta que se acabe la alarma?

Asentí con la cabeza, y ella me llevó a una pequeña habitación con las paredes llenas de estantes. En medio de la habitación colgaba una luz del techo; tenía una gran bombilla bajo una pantalla decorada con una criatura que ya estaba cansado de ver. Había dos sillones para sentarse, un montón de páginas mecanografiadas y otro montón de libros sobre el declive de la industria de la prensa y sobre cómo criar a una hija completamente solo. En la alfombra había marcas de un tercer sillón que había sido arrastrado. Moxie se sentó en una de las sillas, se colocó las páginas mecanografías encima de las rodillas y me dijo que me sirviera yo mismo. Encontré un libro que no contribuyó demasiado a relajar mis nervios. Contaba la historia de una familia con varios hijos que vivía en un bosque y primero se dedicaba a hacer jarabe de arce. Después hacían mantequilla. Y más tarde, queso. Y entonces cerré el libro. Era más interesante pensar en robar una estatua. «Interesante» es una palabra que en este caso significaba que me ponía nervioso. Me dirigí a la ventana para intentar ver la distancia que había entre el faro y la mansión Sallis, pero el sol ya había bajado demasiado, y todo estaba tan oscuro como la Bombinating Beast. Aunque no se veía nada, estuve un buen rato mirando por la ventana. Un poco más tarde la campana anunció el final de la alarma desde la torre de la isla. Me saqué la máscara y vi que Moxie se había quedado dormida. Le quité la máscara, busqué una manta para taparla y seguí mirando por la ventana. Pensaba que si miraba fijamente, al final podría ver las luces de la ciudad que había dejado tan lejos. Era una locura, claro, pero no hace ningún daño mirar por la ventana y pensar locuras, siempre que sean tus propias locuras.

Poco después el reloj sonó doce veces, y oí perfectamente el roadster de Theodora. Como Moxie no se movió, la agité ligeramente hasta que abrió los ojos.

–¿Es la hora? –preguntó.

–Sí, ya es la hora –le dije–, y me harías un favor si te metieras en la cama.

–¿Y perderme toda la diversión? –dijo–. Ni hablar de eso, Lemony Snicket.

–Tú misma has dicho que alguna cosa se nos escapa –le dije–. Podría ser peligroso.

–Sea como sea, es interesante –dijo Moxie–. Y yo lo descubriré todo.

–Moxie, no podemos robar nada si tú estás por aquí. Como mínimo, escóndete.

Ella se puso de pie.

–¿Dónde?

–Tú has crecido en este faro –le dije–. Tienes que conocer los mejores sitios para esconderte.

Ella asintió, cogió su máquina de escribir y salió de la habitación. Yo apagué la luz y después abrí la puerta principal. El roadster estaba aparcado ante el faro, pero Theodora no estaba allí. Camine unos pasos y la llamé.

De repente mi acompañante surgió de la nada. Estaba agachada. Se había cambiado de ropa. Llevaba unos pantalones negros, un suéter negro de cuello alto, unas bambas negras y una pequeña máscara negra que le cubría los ojos. Llevaba su larga melena atada con un extraño sistema de cintas, y también había ennegrecido su rostro. Una vez vi un gato que corría por una chimenea y de inmediato quedó cubierto de hollín, con lo que dejó los muebles de la sala que daban pena. Encontré un razonable parecido entre ese gato y la mujer que se acercaba sigilosamente hacia mí.

—Tienes ropa de ladrón en la maleta —murmuró—. ¿Por qué no te la pones? No queremos llamar la atención.

—En ese caso, quizás debería haber aparcado el roadster un poco más lejos —le dije.

—Baja la voz. Acabaremos despertando a alguien.

Una manera de hablar en voz baja es dejar de hablar, y también es una manera de no discutir. Le hice una señal a Theodora, entramos en la casa y nos dirigimos a la escalera de caracol. Theodora avanzaba pegada a las paredes del faro y giraba la cabeza a un lado y otro, y yo caminaba como una persona normal. La llevé a la sala de redacción y allí levanté la sábana y señalé la estatua de la Bombinating Beast. Ella me hizo un gesto para que yo la cogiera. Le hice un gesto para hacerle saber que la acompañante, la jefa, era ella. Y ella me hizo otro gesto para que yo supiera que ni tenía que discutir. Le devolví el gesto para recordarle que estábamos dentro del faro gracias a mí. Y ella me hizo otro gesto para hacerme saber que mi predecesor sabía que los aprendices no deben discutir con su acompañante ni quejarse, y que yo debía vigilar mi conducta. Hice un nuevo gesto para preguntar qué representa la S en su nombre, y ella me respondió con un gesto muy grosero, y yo cogí la estatua y me la guardé en mi chaleco. Era más ligera de lo que había imaginado y, más que como un ladrón, me

sentí como alguien que simplemente lleva un objeto de un lado a otro.

Abrí la ventana y alargué una mano hasta que noté el calabrote áspero y frío en mi mano. Eso sí que me hizo sentir como un ladrón. Lo cogí con fuerza para que Theodora pudiera agarrarlo con las dos manos, y bajé tras ella. No pude llegar a cerrar la ventana; pensé que ya lo haría Moxie cuando abandonara su escondrijo. Me preguntaba si no nos estaría mirando cuando empecé a avanzar por el calabrote hacia la mansión Sallis. Debíamos parecer dos extrañas sombras sobre la luz de la luna redonda y blanca. El murmullo del Clusterous Forest se suavizaba a medida que nos alejábamos, y empecé a notar el aire frío de la noche. La altura no era para tanto, y el calabrote se mantenía estable mientras continuábamos el descenso. La luz de la luna me dejaba ver los árboles que teníamos debajo, sus ramas delgadas y las hojas solitarias. Podía ver algo que brillaba en una de las ventanas de la cabaña. Era un pequeño objeto que reflejaba la luz de la luna. No vi ninguna vela que indicara que todo iba bien, como había dicho Theodora.

–Snicket –dijo Theodora–, ahora sería un buen momento para que me hicieras alguna pregunta.

–¿Por qué?

–Porque tengo un poco de miedo a las aturas –respondió–, y responder a las preguntas de un aprendiz sería una buena manera de distraerme un poco.

–Vale –dije, mientras pensaba un momento–. ¿Cree que es así como robaron la estatua?

–Evidentemente –dijo Theodora–, los Mallahan debieron bajar por el calabrote, cogieron la estatua y regresaron por donde habían venido.

–Creía que había dicho que habían entrado por el salón –le dije–, haciendo un agujero en el techo y dejando que la gravedad hiciera el resto.

—Esa fue mi primera teoría, sí —admitió Theodora—, y en parte tenía razón, porque la gravedad estaba muy involucrada. Sería muy difícil si en vez de bajar de la colina tuviéramos que subir.

Lo que Theodora quería decir era que habría sido muy difícil subir por el calabrote, pero también decía que los ladrones se habían marchado por donde habían venido. No quise discutir con mi acompañante, porque probablemente eso no la hubiera distraído mucho. Había una palabra para el miedo a las alturas, la sabia, pero no me salía. Nosequéfobia.

—¿Cómo cree que entraron los ladrones en la mansión Sallis? —le pregunté.

—Por una de las ventanas de la biblioteca, claro —aseguró Theodora—. El calabrote se acaba allí.

—La Sra. Sallis dijo que siempre están cerradas —le recordé.

—Bueno, ahora no están cerradas —dijo Theodora—. Mira, el mayordomo está haciendo la señal que indica que todo va bien.

Efectivamente, pude ver la forma de la ventana abierta, allí donde acababa el calabrote, en medio de una luz tenue. ¿Hidrofobia?, pensé. No, Snicket, eso es miedo al agua. No parecía la luz de una vela, parpadeaba y era brillante o de color rojo, una luz roja y brillante que me hizo pensar en alguna cosa que tampoco podía recordar. Agorafobia, pensé. No, Snicket; eso es miedo a los espacios abiertos.

—Ya casi llegamos —oí que decía Theodora—. En pocos minutos habremos entregado la Bombinating Beast a su legítimo propietario, y el caso estará cerrado.

No pude responder, porque de repente di con todas las soluciones, como si se me hubiera encendido una luz. La luz roja que estábamos viendo era la que los oficiales Mitchum llevaban en el techo de su coche... y «acrofobia» era la palabra exacta para el miedo a las alturas. Solté las manos del calabrote y caí directamente entre los árboles.

CAPÍTULO 7

A mi alrededor todo estaba más negro que el carbón, y me sentí como si hubiera caído en medio de una sombra enorme. Caer era el ejercicio que mejor se me había dado siempre, ya desde el colegio, pero eso no quiere decir que no fuera difícil y terrorífico.

La caída fue rápida; aterricé de espaldas sobre un árbol y me clavé las ramas y las hojas. Después me relajé, como me habían enseñado, y me quedé estirado sobre el árbol, pero encima de mí sentí proyectada una sombra gigantesca. No era la sombra del calabrote, ni de otro árbol cercano. Era la sombra de una cara que apareció a mi lado, la cara de una chica de mi edad. También pude ver sus manos, cogidas a la parte superior de una escalera que había apoyado en el árbol. Fuera como fuera, mientras ella me miraba parpadeando desde la parte superior de la escalera, supe que aquella chica ya había empezado a proyectar una enorme sombra en mi vida.

–Ha sido una gran caída –dijo–. ¿Dónde has aprendido a caer de esa manera?

–He recibido una educación especial –le dije.

–¿Y te enseñaron a bajar de un árbol?

–Sí; la mejor forma es esperar a que alguien llegue con una escalera.

–¿Alguien? –repitió ella–. ¿Quién exactamente?

–No lo sé –le dije–. No sé cómo te llamas.

–Hola –dijo ella–, soy Ellington Feint.

Me senté para poder verla mejor. Pese a la oscuridad podía ver sus extrañas cejas curvadas, enrolladas como signos de admiración. Tenía los ojos verdes y sus cabellos eran tan negros que en la oscuridad parecían pálidos. Sus dedos, que sobresalían de las mangas de su camisa, eran largos y acababan en una uñas de color negro. Antes de empezar a bajar por la escalera vi su sonrisa a la luz de la luna. Era una sonrisa que podía querer decir cualquier cosa. Era algo mayor que yo, o quizás solo era un poco más alta.

Cuando estuve en tierra firme, Ellington Feint me miró y, tras apartar unas cuantas hojas de mi cuello, me ofreció su mano. Notaba la estatua contra mi pecho y sentía mis manos en carne viva por culpa del roce del calabrote. No podía ver a Theodora. Era posible que ella ni siquiera se hubiera dado cuenta de que yo ya no estaba colgado.

–No me has dicho tu nombre –siguió Ellington.

Estreché su mano y se lo dije.

–Lemony Snicket –repitió–. Sígueme, Sr. Snicket, vivo en la cabaña blanca. Allí podrás descansar de tu vuelo.

Abrió camino a través de los árboles hacia la cabaña que yo había visto desde el calabrote. Curiosamente, ahora que estábamos cerca, todavía parecía más pequeña. Tenía varias ventanas, una puerta de aspecto chirriante y una chimenea de ladrillo blanco de la que salía un humo gris en medio de la oscuridad de la noche. En un pequeño arco sobre la puerta se podía leer Handkerchief Heights en unas letras gastadas.

–Dicen que aquí vivía una lavandera –explicó Ellington cuando vio que yo miraba el cartel–. Acostumbraba a colgar sus pañuelos para que se secaran en el patio de atrás, de ahí el nombre de la cabaña.

—¿Quién vive aquí? —le pregunté.

—Yo —dijo mientras abría la puerta. La casa solo era una pequeña habitación, en su mayor parte ocupada por una chimenea en la que ardía un fuego de colores que iluminaba toda la estancia. Los crujidos del fuego se mezclaban con una música, una música que nunca antes había oído y que me gustó mucho. Había un pequeño catre en un rincón, con unas mantas arrugadas y unos cojines, y una gran maleta rayada abierta en el suelo, con todo tipo de ropa. Vi una túnica larga de fantasía, botas de montaña, un delantal de cocinero, una peluca roja, una bolsa que era un largo tubo verde con cremallera y dos pequeños sombreros que había visto en fotografías francesas antiguas; los dos eran viejos, los dos estaban gastados, y los dos eran de color frambuesa. Al otro lado había un pequeño lavabo y una pequeña mesa de madera sin nada encima, con un taburete escondido debajo. Sobre el alféizar de la ventana había unos binoculares abollados y, en el suelo, en el centro de la habitación, había una pequeña caja con una manivela al lado y un embudo en la parte superior. Tardé un instante en darme cuenta de que la música que había escuchado procedía de un antiguo tocadiscos. Era una música interesante y extraña, y hubiera querido preguntar el nombre de la pieza que sonaba. Por lo que pude ver no había libros en la habitación.

–Siéntate –me dijo Ellington, señalando el taburete–. Haré un poco de café reconstituyente.

–¿Café? –exclamé, con un tono de voz bastante más fuerte de lo que pretendía–. Yo no tomo café.

–¿Qué tomas?

–Agua, té, a veces leche, zumo de naranja por la mañana, zarzaparrilla si la encuentro.

–¿Pero café no?

–La gente de nuestra edad no suele tomar café –le aseguré.

–Tampoco suelen caer encima de los árboles –dijo Ellington–. Creo que los dos hemos recibido una educación especial.

Me senté en un taburete, y Ellington enjuagó una cafetera de metal en el fregadero, la llenó de agua y añadió unas cuantas cucharadas de café molido de una bolsa de papel estampado con la sombra de un gato negro.

–Café Black Cat –me dijo–, esquina de Caravan con Parfait. Es una de las últimas tiendas que quedan en Stain'd-by-the-Sea, y uno de los pocos motivos por los cuales voy al pueblo –suspiró–. Normalmente me quedo en casa.

–¿Y qué haces aquí? –le pregunté.

Sonrió un poco.

–Primero explícame qué hacías volando por los aires en plena noche.

Metí la mano en el interior de mi chaleco y puse la Bombinating Beast encima de la mesa. Lo hice con demasiada fuerza y se oyó un fuerte golpe. Ellington le echó un vistazo y después cogió unas tenazas de hierro de esas que se utilizan para mover los troncos del hogar. Antes de mirar, cogió la cafetera con las tenazas y la colocó encima de las llamas.

–¿Qué es esto? –preguntó–. ¿Es un juguete?

Miré detenidamente la estatua por primera vez. La Bombinating Beast parecía un caballito de mar, si es que un caballito de mar puede ser repugnante. Los ojos de la estatua eran unos agujeros realmente pequeños, como la boca, con sus labios retorcidos y pequeños dientes afilados que formaban finas líneas sobre el agujero. Me di cuenta de que la estatua estaba hueca, y por un momento me pregunté si había sido tallada para ser colocada sobre una vela, para que el fuego pudiera brillar a través de los ojos y la boca, creando un efecto misterioso.

La giré para mirar la base de la estatua y vi que tenía un corte extraño en la madera. Había un trozo de papel pequeño y grueso en la brecha. El papel era curioso al tacto, como los envoltorios de las galletas de las panaderías. Agité la estatua para ver si contenía algo, pero no oí nada.

—No sé qué es —dije finalmente—. Me han dicho que es muy valiosa. Más o menos —añadí, recordando mis promesas.

—Bueno, pero ¿por qué has caído encima de un árbol?

—Las cosas no iban bien —le dije.

—¿Qué es lo que no iba bien?

—Lo sabes mejor que yo. Me has estado observando.

La cafetera empezó a trinar y Ellington la sacó de la chimenea y la dejó encima de la mesa, burbujeando, antes de ir a por dos tazas y dos platos que estaban en un estante al lado del fregadero. Sirvió dos tazas de café y las dejó un rato ante nosotros, sacando humo. El humo y la música extraña y excitante llenaban el aire de la habitación.

Afuera todo estaba oscuro, pero yo sabía que de día tendríamos una buena vista del Clusterous Forest.

Ellington cogió un cojín y se arrodilló en el suelo antes de hablar.

–¿Cómo sabías que te estaba observando? –me preguntó en voz baja.

–Vi algo en la ventana que me deslumbró –le dije–. Tú nos estabas mirando a mí y a mi socia mientras estábamos colgados del calabrote. ¿Por qué?

–Hace mucho que observo esta zona –dijo ella antes de tomar un sorbo de café. Yo dejé el mío en la mesa. No es que pensara que me había puesto láudano en la taza. Era simplemente que el café no me gustaba. Ni siquiera me gustaba su olor terroso. Ellington sonrió un poco mientras bebía.

–¿Qué estás buscando? –le pregunté, y señalé la Bombinating Beast–. ¿Esto?

Dejo su café y sonrió mirando la estatua.

—Estoy buscando una cosa mucho más importante que una estatua absurda —dijo—. Estoy buscando a mi padre.

—¿Qué le ha pasado?

Moxie se levantó.

—Alguien se lo llevó, un hombre terrible. Mi padre y yo vivíamos en Killdeer Fileds, un pueblo que está más arriba, subiendo por la carretera.

—He oído hablar de ese lugar.

—Es un sitio bastante agradable —dijo Ellington—. Aunque me di cuenta de que había algo que inquietaba a mi padre. Y entonces, un día llegué de la escuela y él ya no estaba. No estaba a la hora de cenar y tampoco a la hora de dormir. A la mañana siguiente, un hombre con una voz terrible llamó a la puerta y se presentó. Era Hangfire, y me dijo que no volvería a ver a mi padre nunca más. Esto pasó hace seis meses y desde entonces lo he estado buscando, pero estoy empezando a pensar que lo que me dijo Hangfire era cierto.

Ellington se dirigió a la cama, metió su mano debajo y sacó un montón enorme y desordenado de cuadernos, periódicos, sobres y paquetes.

–Esto es lo que hago –dijo–. He estado siguiendo cualquier pista que encuentro. He entrevistado a docenas de personas. He comprobado centenares de rumores, he escrito cartas y telegramas, he realizado llamadas telefónicas y he ido de puerta en puerta, he enviado infinidad de paquetes a les personas que conocían a mi padre, aunque tras la inundación prácticamente todo el mundo se marchó de Killdeer Field. He enviado fotos de él, copias de sus artículos, cualquier cosa que pudiera ayudar a que la gente me dijera dónde está. Hace poco supe que Hangfire estaba escondido aquí, en Stain'd-by-the-Sea.

–Escogió un buen lugar. Con tantos edificios abandonados, este pueblo está lleno de escondrijos.

–Sí, ya lo sé. He estado viviendo en esta cabaña desde entonces, con la esperanza de encontrar alguna pista. Si encuentro a Hangfire, encontraré a mi padre.

—Pero Hangfire no te lo va a devolver.

—No.

—¿Entonces qué harás?

—Lo que sea necesario —me dijo, y eso me hizo temblar un poco porque me di cuenta de que tenía pensada su respuesta. No, no lo dijo como la mayoría de personas dicen la mayoría de cosas.

—¿Qué ganaba Hangfire secuestrando a tu padre? —le pregunté.

—Esto es lo más misterioso —dijo Ellington mientras se servía más café—. Mi padre nunca le ha hecho daño a nadie. Es un hombre amable y tranquilo. —Dos lágrimas cayeron de sus ojos, y se las secó con las mangas de su camisa negra—. Es un padre maravilloso. Tengo que encontrarlo, Sr. Snicket. ¿Me ayudarás?

Iba de misterio en misterio, y quizás por eso

hice otra promesa tan absurda y tonta como todas las otras que había hecho.

–Te ayudaré –le dije–. Te lo prometo, pero
ahora tengo que irme. Gracias por el café.

–No te lo has bebido.

–Ya te he dicho que no bebo café. Ven a buscarme por la mañana y podremos trabajar juntos.
Estoy en el The Lost Arms con mi acompañante, S. Theodora Markson.

–¿Qué significa la S? –me preguntó, pero
entonces alguien llamó a la puerta. El reloj de
encima de la chimenea marcaba casi las dos
de la mañana. Ellington me miró y me hizo
la pregunta que está impresa en la portada de
este libro. Era la pregunta equivocada cuando
lo preguntó ella, y lo fue cuando lo había preguntado yo. La pregunta correcta en este caso
hubiera sido: «¿Qué estaba sucediendo mientras
yo abría la puerta?», pero cuando las bisagras
dejaron de chirriar, solo podía pensar en los ofi-

ciales Mitchum, que tenía allí delante con una mirada poco amigable.

–¿Eres Snicket? –me ladró Harvey Mitchum mientras Mimi Mitchum gritaba:

–¿Qué estás haciendo aquí?

Respondí «sí» a la primera pregunta y «Visitar a una amiga» a la segunda.

–¿Qué tipo de joven visita a sus amigos a estas horas? –preguntó el oficial masculino mientras olía el aire.

–¿Qué pretendes? –me preguntó su esposa.

Yo, respectivamente, respondí «Los jóvenes amigables» y «No sé de qué me habla», pero me di cuenta de que estas también eran las respuestas equivocadas.

–Tenemos que hablar contigo, Snicket –me dijo Harvey Mitchum–. Nos han informado de un robo. Alguien ha robado una estatua muy valiosa que tiene la forma de un animal mítico. ¿Sabes algo de eso?

–Siempre he estado interesado en la mitología –le dije.

–No me refiero a eso –saltó–. Tu acompañante estaba colgada del calabrote y se ha negado a explicarnos por qué.

–Aún es pronto para sacar conclusiones –dijo Mimi Mitchum–, pero no sería extraño que fuera una criminal, como tú, Snicket.

–Yo diría que ella es más criminal –dijo su marido.

–No, él lo es más.

–Te digo que no.

–Lo podremos resolver esta tarde –dijo Harvey Mitchum, molesto–. Ahora estamos buscando esa valiosa estatua.

–¿No necesitan una orden judicial para eso? –les pregunté.

–Esto no es el Clusterous Forest –dijo la oficial Mitchum–. Esto es Stain'd-by-the-Sea, y aquí nosotros somos la ley. Apártate, Snicket.

Me aparté, no sin mirar atrás para ver con alivio que la Bombinating Beast ya no estaba allí. En su lugar, Ellington Feint sostenía torpemente un montón de sobres y paquetes.

–Buenas noches, oficiales –les dije.

–Nada de buenas noches –dijo Harvey Mitchum, malhumorado–. Tu comportamiento deja mucho que desear. Deberías seguir el ejemplo de mi hijo Stevie, que está durmiendo en el coche.

–Eso hace que esté tranquilo –dijo Mimi.

–Pero en alerta –dijo Harvey.

–Y con buen aspecto –añadió su madre.

–Eso es cierto –dijo el funcionario masculino–. Stew Mitchum es adorable.

Intenté imaginar lo poco adorable que podía resultar Stew torturando pequeños animales, pero no pude.

–Sr. Snicket –dijo rápidamente Ellington–. ¿Me puedes ayudar con estos paquetes?

Di un paso hacia ella.

–Claro, Srta. Feint. –Sonrió a los Mitchum–. El Sr. Snicket y yo estábamos a punto de marcharnos e ir al buzón para enviar estos paquetes.

–Esperaos hasta que acabemos de buscar –dijo Harvey Mitchum–, y nosotros os llevaremos.

–Los jóvenes no deberíais ir por el mundo a estas horas –dijo Mimi Mitchum–. La Bombinating Beast os podría atacar.

–Es un mito –le dije yo.

–Ignora la campana y ya verás –dijo Harvey mientras pasaba por mi lado para echar un vistazo por la cabaña. Ellington me puso en las manos un paquete de la medida de una botella de leche. Estaba envuelto en un papel de periódico y pude ver que, deprisa y corriendo, había puesto un par de sellos y había garabateado una dirección:

S.THEODORA MARKSON
THE LOST ARMS
STAIN'D-BY-THE-SEA

Los oficiales empezaron a buscar entre las cosas de Ellington, mientras ella y yo esperábamos en el umbral de la puerta de la cabaña.

–¿Por qué no me has mandado el paquete a mí? –le susurré.

–He pensado que hubiera sido un poco sospechoso mandar un paquete a la persona que tenía justo a mi lado –respondió ella.

–¿Aquí va bien el correo? –le pregunté.

–Sí, llegará mañana por la mañana. Sorprendentemente, en este pueblo el correo va muy rápido.

Me puse la estatua envuelta debajo del brazo. Me habían dicho que si encontraba a alguien adecuado durante mi aprendizaje, lo podía recomendar como nuevo miembro de nuestra organización. Era demasiado pronto para tomar esa decisión, pero no para sonreír a Ellington mientras los Mitchum murmuraban por la casa hasta que se dieron por vencidos.

–Nos damos por vencidos –avisó Harvey Mitchum–. No hay ninguna estatua en esta casa.

Yo di un paso hacia el exterior.

–Eso es definitivamente cierto –le dije–. En fin, gracias por pasar por aquí.

–No corras tanto –dijo Mimi Mitchum–. Os llevaremos hasta el buzón y después a casa. No sé qué pretendéis, pero ya basta. Subid al coche y saludad a nuestro adorable hijo.

Ellington y yo seguimos a los oficiales Mitchum hasta su furgón destartalado y nos sentamos en los asientos traseros, donde Stew nos esperaba bostezando antes de mostrarnos su sonrisa más cruel.

–Lemony –dijo con la voz amigable que solía utilizar ante sus padres–, es maravilloso verte otra vez.

Yo asentí, fui a darle la mano y entonces él me pellizcó el brazo sin que los oficiales Mitchum pudieran verlo. Ellington, que sí lo vio, se inclinó hacia adelante y lo cogió por la muñeca; Stew frunció el ceño y yo pude ver cómo las uñas de Ellington se clavaban en piel del chaval.

–Encantada de conocerte, Stew –le dije–. Acabo de saber que tú y yo seremos grandes amigos.

Stew emitió el típico sonido agudo que suelen emitir los chicos cuando no quieren que se sepa que les hacen daño, y el resto del trayecto lo hicimos en silencio. Cuando llegamos al pueblo, Mimi Mitchum hizo chirriar los frenos del vehículo, y nos estuvo mirando hasta que Ellington y yo pusimos nuestros paquetes en el buzón. Las bisagras de este hicieron un ruido áspero y desagradable. Yo era reticente a dejar mi paquete dentro del buzón. «Soy reticente», me dije a mí mismo. Es como tener pies. No es una cosa de la que uno pueda sentirte orgulloso. El paquete hizo un pum amortiguado cuando lo solté en el buzón. Después regresamos al furgón y recorrimos el breve y solitario camino hasta el The Lost Arms. Les di las gracias a los oficiales y, sin que me vieran, le dediqué una sonrisa a Ellington, y a Stew, nada. En el vestíbulo del The Lost Arms no había nadie excepto Prosper Lost, que murmuraba alguna cosa al teléfono. Me detuve un momento ante la mujer sin brazos y sin ropa, y de repente me di cuenta de que estaba muy cansado.

–Sí, supongo que tengo problemas –y subí a pie por las escaleras.

CAPÍTULO 8

Regañar tiene que ser muy divertido. Si no fuera así, a los niños se les permitiría hacerlo. No es que los niños no tengan lo necesario para regañar. En realidad para regañar solo se necesitan tres cosas: se necesita tiempo para pensar cómo lo vas a hacer. Se necesita esfuerzo para decir las cosas ordenadamente y conseguir que la regañina sea insultante para la persona regañada. Y se necesita un poco de desfachatez, que es una palabra que en este caso significa la fanfarronería necesaria como para estar ante alguien y pegarle un rapapolvo, especialmente si está agotado y dolorido y no está de humor para escucharte.

S. Theodora Markson tenía todo eso y una especie de gorro de dormir floreado en el que escondía su voluminosa y desenfrenada mata de pelo, y cuando abrí la puerta de la suite Far East, me regañó. Fue, sin duda, una reprobación por no haber sido suficientemente cuidadoso con un objeto valioso, por haber vagado por mi cuenta y por haber hecho que estuviera muy preocupada por mí, aunque la preocupación no le había impedido descansar, bañarse y ponerse un camisón de dormir. El objeto valioso no podía ser otro que la Bombinating Beast y mi vagar no podía ser otro que haber caído de un calabrote encima de un árbol en pleno robo. Aquella reprobación de Theodora era muy parecida a la mayor parte de sermones. Me hizo detener ante ella y yo intenté poner cara de escuchar atentamente mientras esperaba el momento que indicara que había terminado de regañarme.

—¿No tienes nada que decir? —me preguntó.

—¿Qué pasó cuando llegó a la mansión Sallis? —le pregunté.

—La Sra. Sallis no estaba en casa —respondió—. Y alguien les dijo a los oficiales Mitchum que nosotros éramos ladrones. Si hubiera sido tan necia como para llevar la estatua encima, ahora probamente estaría en el calabozo.

—Yo vi la luz roja del coche de los Mitchum —le dije—. Por eso me dejé caer del calabrote, para evitar que nos detuvieran. Pero me encontraron y me interrogaron, aunque con un poco de ayuda pude ocultar la Bombinating Beast hasta que la eché en el buzón. La recibiremos por la mañana.

Theodora me miró parpadeando

—¿Lo prometes?

Suspiré. Cada nueva promesa era como un

peso que cargaba encima de mi espalda. Y mi espalda ya no daba para más.

—Aún estás a prueba —dijo—. Métete en la cama. Es muy tarde.

Me fui al lavabo a cepillarme los dientes. Es bueno cepillarte los dientes cuando estás enfadado, porque cepillas más fuerte y el trabajo cunde más. No esperaba que Theodora entendiera lo que yo había hecho, pero esperaba que, como mínimo, estuviera un poco contenta porque la había librado de un problema. No tenía importancia alguna saber quién tenía razón y quién se equivocaba, me dije a mí mismo. Estás compartiendo una habitación lúgubre con una acompañante poco fiable, Snicket; intenta descansar, una palabra que en este caso significa dormir. Las sábanas estaban llenas de arrugas y el cojín parecía una bolsa llena de piedras. Tuve un gran sentimiento de soledad mientras pensaba en que la gente que me quería no conocía mi paradero y, si tenía problemas, no podrían venir a buscarme. Pero estaba demasiado cansado para estar triste.

A la mañana siguiente supe por qué nuestra habitación se llamaba suite Far East. Estaba situada en la parte más alejada del este del The Lost Arms, por eso me despertaron los primeros rayos de sol que se colaron por entre las rendijas de las persianas.

–Venga, vete –le dije a la luz del sol–. Ya vendré luego.

La luz solar insistió y acabé despertándome. Me senté en la cama y después me fui al baño para lavarme la cara y cambiarme de ropa. Después, silenciosamente, salí de la suite Far East y bajé al vestíbulo, donde encontré a Prosper Lost tras el mostrador, practicando su sonrisa viscosa. En lugar de decirme que había llegado un paquete, me hizo preguntar si había llegado, y después lo sacó de debajo del mostrador. Tan pronto como lo tuve en la mano, mi estado de ánimo mejoró.

Me senté en el vestíbulo unos minutos para ver si una mujer con pendientes baratos dejaba de hablar por teléfono, pero al final desistí y decidí irme a la biblioteca.

Dashell Qwerty estaba en la puerta principal persiguiendo un par de polillas.

—Bienvenido —dijo con su voz profunda—. ¿Te puedo ayudar?

—Buenos días —le contesté—. No creo que necesite ayuda, gracias. Estoy buscando algo para leer.

—Adelante —me dijo—. Si no encuentras nada que te guste, dentro de una rato desempaquetaré un nuevo envío de libros de zoología.

—Esto me hace pensar en... —dije como si se lo hubiera de recordar—. ¿Ha sabido algo de la Branch Fourier sobre el libro que encargué, *Perdón, pero no puede encontrarme contigo en la fuente*?

—De aquel autor belga —añadió él—. No, aún no sé nada. Aunque recibí una solicitud misteriosa de Branch Fourier. Parece que alguien está buscando un libro del que nadie ha oído hablar jamás.

–¿Qué libro?

Qwerty metió una de sus manos en uno de los bolsillos de su chaqueta de cuero y sacó una tarjeta.

–El autor es Don T. Worry –leyó en voz alta–, y el título es *Ya lo mediré yo*. Debe ser un manual de matemáticas.

–Podría ser –dije–. Oiga, ¿puedo solicitar otro título?

–Claro -contestó él. ¿En Fourier Branch otra vez?

–Sí –le respondí.

Qwerty cogió el lápiz que llevaba en la oreja y, por un momento, me hizo pensar que probablemente debía de haber alguien en el mundo a quien le gustara su corte de pelo desigual.

–¿Y el autor del libro que estás buscando?

–¿Qué dice?

–¿Quédice?

–Sí, también es belga.

–Quédice, mucho cuidado –le dije al subbibliotecario.

–Suena como si fuera una historia de terror –dijo Qwerty.

–Espero que no –le dije, y me excusé para ir a buscar otro libro. No estaba de humor para coger un libro que ya había leído, y durante una hora me senté en mi lugar habitual y leí una historia sobre alguien que verdaderamente era un amigo y un buen escritor que vivía en una granja sangrienta donde prácticamente peligraba la vida de todo el mundo. Era un buen libro, y lamenté tener que devolverlo al estante. Al salir encontré a Qwerty inclinado sobre una caja de cartón abierta, mirando un montón de libros.

–¿Qué está haciendo? –le pregunté.

–Compruebo las cubiertas –me dijo–. Te

sorprendería saber lo frecuente que es que la cubierta de un libro vaya a parar a otro libro.

–¿De verdad?

–Sí, sí –dijo el subbibliotecario con su habitual mirada vacía–. Muchas veces esperas encontrar algo mirando el exterior, pero cuando miras dentro ves algo completamente diferente.

–Gracias –le dije, y rápidamente salí de la biblioteca y me senté en las escaleras de la entrada para tomar el sol de la mañana. Vi la letra de Ellington Feint en la etiqueta del paquete, que olía a algo que no podía identificar. Era algo fuerte que había olido en la cabaña. Miré la forma irreconocible de la estatua metálica que estaba en el césped. Entonces rasgué el periódico y puse el objeto encima de mis rodillas.

Era una bolsa de café, con un profundo olor terroso y con un gato negro estampado. La miré un buen rato y al final la abrí para ver si la Bombinating Beast estaba dentro.

Evidentemente, no estaba. Un coche se detuvo en el césped. Vi la cara sonriente de Pela, que se agarraba al volante del taxi Bellerophon.

–Buenos días –me dijo–. Tengo un par de buñuelos extra del Hungry's. ¿Quieres uno para el café?

Sonreía mirando mi bolsa, pero yo no estaba de humor parar sonreír.

–Sí –le dije–. ¿Y un paseo?

–¿Tienes propina?

–*El largo secreto* es un libro mejor que el que te dije –le aseguré mientras abría la puerta trasera–. ¿Te gusta?

–Sí, me gusta –dijo Pela–, aunque Cañas y yo siempre hemos preferido el del bailarín de claqué y el abogado.

–Pero ese también está bien –saltó Cañas desde el suelo del vehículo–. ¿A dónde vas? ¿Otra vez al faro?

–Voy a la cabaña blanca –les dije.

–¿A Handkerchief Heights? –dijo Pela mientras me daba un buñuelo–. No hay nadie allí.

–Espero que estés equivocado –le dije mientras el taxi ya circulaba tranquilamente. Miré por la ventana mientras masticaba e intentaba pensar. Me gustaba el buñuelo, sobre todo porque estaba glaseado. Hacía mucho que había leído el del bailarín de claqué y el abogado.

Ellington casi no había mirado la estatua cuando la tuvo en su mesa. Alisé los periódicos con los que había envuelto la bolsa de café y vi que se trataba de página antiguas del *Stain'd Lighthouse*. Había un anuncio de una obra de teatro del Stain'd Players en el Stain'd Playhouse protagonizada por una actriz que sonreía en una vieja fotografía. La actriz hacía el papel de la heroína Leslie Crosbie. Su nombre era Sally Murphy y no parecía muy feliz de verme.

Cuando el taxi pasó por delante de la mansión Sallis, me estaba limpiando los dedos de

azúcar. Les di las gracias a los hermanos Melle-
rophon. Les dije también que esperaba que su
padre se recuperara pronto, y después corrí entre los árboles hasta que llegué a la puerta de la
cabaña. Supe de inmediato que Ellington Feint
se había marchado. Su maleta había desaparecido, y tampoco había música. Pela y Cañas habían desaparecido, pero allí había alguien. La
puerta estaba abierta, y Moxie Mallahan estaba
allí, de pie, en medio de la habitación.

—Lemony Snicket —me dijo, y entones dio un
paso hacia su máquina de escribir que estaba encima de la mesa, donde Moxie me había ofrecido
café la noche anterior.

—¿Cómo va, Moxie? —le pregunté.

—Dímelo tú —dijo Moxie—. Eres tú quién me
ha avisado y quien me ha pedido que nos encontremos aquí.

—Yo no he hecho eso.

—Snicket, deja de mentir. He hablado contigo hace un rato. Me has dicho que tenías la solución al misterio de la Bombinating Beast, y que me apresurara a venir con mi padre.

–¿Él también ha venido?

–No he podido despertarlo. ¿Qué está pasando?

–Yo no te he llamado –le dije, intentando pensar. Mi primer sospechoso fue Stew: era justo el tipo de persona capaz de llamar a alguien haciéndose pasar por otro. No, Snicket, me dije a mí mismo. Quien ha llamado tiene que estar interesado en la Bombinating Beast. Pero las únicas personas que estaban interesadas en la estatua eran Theodora y la Sra. Sallis o, dicho de otro modo, la persona que me había ayudado a robarla y la mujer que quería que la robáramos. No tenía ningún sentido.

–¿Crees que alguien ha querido que tú y yo nos encontremos aquí? –preguntó Moxie, mientras miraba la casa.

—Intentaban que tú y tu padre saliérais de casa —le dije—. Tiene que ser alguien que está interesado en la estatua. Espera poder robarla mientras el faro esté vacío. Pero la trampa no ha funcionado.

—¿Sabes quién puede ser?

Moví la cabeza para negarlo.

—Alguien ha estado vigilando desde la cabaña —afirmó Moxie—. Se suponía que Handkerchief Heights estaba vacío y cerrado con llave, pero parece que alguien haya estado viviendo aquí. Alguien ha estado utilizando la cafetera. Alguien ha estado bebiendo en las tazas. Y alguien ha encendido un fuego con la leña que estaba amontonada fuera.

—Y alguien ha estado comiéndose todo el puré —murmuré, y miré a mi alrededor.

—¿Qué?

—Nada. ¿Crees que alguien ha podido utilizar aquí uno de esos tocadiscos antiguos, o unos anteojos, o una maleta llena de ropa?

—Nunca hemos tenido nada de eso aquí –dijo Moxie–. ¿Por qué lo preguntas? ¿Qué está pasando? ¿Quién ha estado aquí?

—No lo sé –le dije, y era verdad. Había hablado con Ellington Feint pero no sabía nada de ella. Y le habías hecho una promesa, Snicket, me dije, prometiste ayudarla. Salí afuera y, apoyada en la cabaña, encontré la escalera que ella había utilizado para llegar a la copa del árbol. Pensé en la escalera que yo había escondido en el lavabo del salón Hemlock. Si no hubieras puesto aquella escalera allí, Snicket, ahora no estarías metido en este lío confuso, o en este lío misterioso, o en este confuso lío misterioso. Estarías en un agujero profundo en la ciudad, con la cinta de medir que tu amigo te consiguió, haciendo otra cosa que habías prometido. Me enfadé y le pegué una patada a la escalera, y entonces la bolsa de café, que aún sostenía, se me cayó al suelo. Cogí la bolsa, pero no pude hacer nada con el café que se había desparramado por el suelo. Quizás a los gusanos les gustaría. Theodora probablemente estaba tomando café en ese mismo instante, esperándome en la suite Far East porque le había prometido que la estatua llegaría por la mañana. Me quedé mirando el papel rasgado de la bolsa que tenía en la mano, con su gato estampado, y después miré hacia afuera, hacia el enorme y misterioso Clusterous Forest. Me imaginé que en su día la vista al mar debió de ser muy bonita. Me imaginé el agua agitada, con pequeñas manchas de color blanco espumoso subiendo y bajando. Como los pañuelos, pensé, o como los periódicos en el calabrote aleteando al viento, que también debían parecer pañuelos. La lavandera, había dicho ella. Ellington Feint era una mentirosa. Estuve mirando mucho rato cómo rugían las algas marinas.

Disponía de suficiente tiempo, esfuerzo y desfachatez como para soltar una regañina a al-

guien, pero no había nadie alrededor que se lo
mereciera.

Moxie se me acercó por detrás y me puso una
mano en la espalda.

—¿Y ahora qué? —me preguntó.

—¿Ahora qué de qué?

—¿Qué está pasando, Snicket? ¿Quién crees
que ha estado viviendo en la cabaña? ¿Cómo
crees que entró? ¿Cuánto tiempo estuvo aquí?

No respondí, y cuando me volví para mirarla me di cuenta de que no estaba interesada en
ninguna de las respuestas a esas preguntas. Ni
siquiera me miraba. Parecía estar buscando las
respuestas en el faro, o en la mansión, detrás de
la cabaña, o en los límites del acantilado que vi
cuando llegué a Stain'd-by-the-Sea.

Entonces me hizo otra pregunta, y esta vez
captó toda mi atención. Yo le había hecho esa
misma pregunta tres veces y las tres veces obtuve
una respuesta desagradable. La respuesta siem-

pre era desagradable, porque era una pregunta desagradable.

—¿De dónde viene esos gritos? —era la pregunta.

CAPÍTULO 9

Hay un método infalible cuando oyes que alguien grita. Tienes que encontrar una hoja de papel blanco y un lápiz bien afilado. Cuando los tienes, dibujas nueve filas con catorce cuadrados cada una, entonces lanzas lejos el trozo de papel y encuentras a quien está gritando para poder ayudarle.

No era un buen momento para dedicarse a dibujar. Moxie cerró su máquina de escribir con un golpe enérgico y fue corriendo hacia los árboles.

No había nadie entre los árboles ni en la hierba de color marrón. Tampoco había nadie cerca del acantilado. Me lo temía. Los gritos venían de la mansión Sallis.

Moxie y yo nos acercamos a la mansión. Nuestros pasos hacían crepitar el yeso de las paredes de la mansión que había caído encima del césped. Es terrible oír gritar a alguien. Las formas confusas del edificio, con su aglomeración de estilos, no nos ayudaban a saber de dónde venían los gritos. De repente, la voz desesperada parecía venir de la torre más alta, pero luego parecía venir del jardín con sus fuentes y la carpa gris que ondeaba al viento. Lo único que sabía con certeza era que esos gritos pertenecían a alguien de sexo femenino; esperaba que fueran los de Ellington. No me gustó pensar que esperaba que fueran suyos para poder salvarla.

Moxie miraba la mansión frunciendo el ceño.

—¿Cómo vamos a entrar? —me preguntó—. ¿Tú sabes cómo abrir una cerradura?

—La verdad, no —le dije—. No acabé el curso de cerraduras, pero sé cómo lanzar una piedra a una ventana.

—Todo el mundo sabe cómo lanzar una piedra a una ventana —dijo ella—. Venga, vamos.

No dejamos de oír gritos en ningún momento mientras rodeamos el edifico ni cuando nos detuvimos en el camino de la entrada donde Theodora y yo habíamos estado el día anterior. «¿Hola?», grité. La única respuesta que obtuvimos fueron más gritos. De repente sonaron más fuerte y entonces me di cuenta de que la enorme puerta estaba totalmente abierta. Y de inmediato pensé en otra cosa que había sido incapaz de aprender correctamente. Yo era muy bueno en algo que me ayudaba a no tener miedo mientras ocurrían cosas terribles. No era fácil, pero había aprendido a hacerlo. Simplemente era cuestión de dejar el miedo a un lado, como hacemos con la verdura. Primero nos acabamos el arroz o el pollo y, cuando ya estamos fuera de peligro, nos enfrentamos a la verdura. A veces creo que tendré miedo el resto de mi vida a causa de todo el miedo que dejé para más tarde en Stain'd-by-the-Sea.

Entré con Moxie. Los gritos resonaban por toda la casa y por los pasillos. Aunque no me fijé mucho la primera vez que estuve en la casa, recordé que en el suelo había una alfombra. Ahora no había nada en el suelo.

—La mansión es demasiado grande —le dije a Moxie—. Vayamos por separado.

—¿Pretendes que yo sola encuentre a la persona que está chillando? —preguntó Moxie.

—Asústate después —le dije, antes de correr por el pasillo y subir un amplio tramo de escaleras. En el suelo había manchas, al lado de la barandilla. Estaba claro que alguna vez hubo tiestos con plantas encima de esas manchas. Y ya no estaban. Todo parecía haber desaparecido. Una única bombilla colgaba de un cable que salía del techo. Sin duda, la familia Sallis tenía suficiente dinero como para tener una lámpara de araña.

Los gritos parecían oírse con más fuerza en el piso de arriba, donde había otro pasillo sin alfombras ni muebles. Lo único que había era una hilera de puertas a cada lado. La primera puerta llevaba a una habitación vacía. La segunda también. En la tercera había un armario y un lavabo, y después tres habitaciones más, pero no había ni un solo mueble en ninguna de ellas. Recordé que los muebles de la biblioteca de los Sallis no parecían muy adecuados para aquella sala. La habitación había sido preparada deprisa y corriendo, utilizando los primeros muebles que encontraron para que Theodora y yo no pensáramos que la casa estaba abandonada.

Me costó abrir la puerta de la última habitación, al fondo del pasillo, porque me tomé un momento para recordarme a mí mismo que tenía que dejar de lado el miedo, quizás para cuando ya fuera un hombre hecho y derecho. Lo único que había en esa habitación era un colchón en el suelo, con unas mantas y cojines desordenados encima. Los inspeccioné con un pie. Nada, Snicket. Pero ¿por qué seguían los gritos? Un poco más tarde me di cuenta de que venían de una pequeña rendija que había en el techo. Eran los conductos de la calefacción de la casa. Por ese motivo los gritos parecían oírse en todas las habitaciones, porque todas tenían una rendija como aquella para calentar la casa. Aparte de los gritos se oía otra cosa, una especie de rumor parecido al del Clusterous Forest. Y entonces recordé que en la mayoría de casas la caldera está en el sótano.

Bajé las escaleras corriendo, pasé por una sala vacía con una ventana muy grande que proporcionaba una visión extraña, y también pasé por

la cocina, sin nevera ni fogones ni ollas o sartenes colgadas. Moxie pensó lo mismo que yo, y por eso empujaba una pequeña puerta blanca. La ayudé. La puerta se resistía, como si al otro lado alguien estuviera tirando de ella, pero entre Moxie y yo al final pudimos abrirla. No había nadie al otro lado, solo una piedra de la medida de un diccionario de los grandes, que alguien había dejado apoyada en la puerta. Nos quedamos un momento en el primer escalón y desde allí vimos algo que nos atemorizó.

El sótano de la mansión Sallis era enorme, de la medida de una piscina o un pequeño lago, y era exactamente así porque, de hecho, estaba lleno de un agua de color marrón que aumentaba lentamente y subía por los escalones hacia nosotros. Por un momento creí ver la cabeza de la Sra. Murphy Sallis con los ojos vendados flotando en medio del sótano. Pero después me di cuenta de que no flotaba sino que estaba atada a algo, con el agua a poca distancia de su boca. Estaba a punto de ahogarse. Moxie dejó su máquina de escribir y empezó a bajar las escaleras.

–No –grité, mientras la agarraba por la espalda.

–¡Tenemos que ayudarla! –gritó ella, frunciendo el ceño bajo su sombrero.

–Así no –le dije, e intenté pensar con rapidez. En lo alto del sótano pude ver parte de una ventana. Me agaché para recoger la piedra que habíamos dejada al lado de la puerta.

–Ayúdame –le dije a Moxie–. Todo el mundo sabe cómo lanzar un piedra contra una ventana.

Cogimos la piedra y la lanzamos contra la ventana. Es más divertido lanzar piedras sin preocuparse de dónde caerán, pero la ventana y la piedra era suficientemente grandes y, por lo tanto, no fue muy difícil acertar. La ventana se rompió silenciosamente y el agua empezó a salir inmediatamente del sótano, como si hubiéramos quitado el tapón de la piscina. Aunque el agua había bajado y nosotros ya estábamos desatándola, la Sra. Sallis no dejaba de gritar. Los nudos no eran fáciles de deshacer pero, afortunadamente, en eso Moxie era mucho mejor que yo. Fui hasta el lugar de donde brotaba el agua. Salía de una especie de tanque que había en una de las esquinas del sótano. Era suficientemente grande como para que un adulto se pudiera meter dentro, suponiendo que algún adulto quisiera meterse allí. Estaba construido con ladrillos grises y tenía una palanca oxidada al lado. La moví y de inmediato dejó de salir agua. Pensé que era posible que un río subterráneo recorriera la mansión Sallis. Pensé que no era extraño que los periodistas de ciencia del periódico hubieran investigado aquellos terrenos.

La Sra. Sallis estaba atada a una silla. Era una de las sillas que había visto en la biblioteca. El cojín mullido ahora se había echado a perder, pero la Sra. Sallis no parecía estar mal. Tan pronto como Moxie consiguió liberar sus manos, se quitó la venda de los ojos. Y eso me hizo pensar que se calmaría. Pero fue todo lo contrario: la Sra. Sallis se puso como una loca, una expresión que siempre me ha gustado, aunque dudo que hubiera podido encontrarse una loca tan escandalosa como ella.

—¿Dónde está él? —lloraba.

—¿Quién? —le preguntó Moxie.

—Aquí no hay nadie —le aseguré, pero era una respuesta incorrecta. Sus ojos se abrieron todavía más. Parecía realmente asustada, aunque ya no tenía ninguna importancia que lo estuviera.

—¡Largaos! —gritó—. ¡Largaos de esta casa de una vez!

—Tenía la esperanza, Sra. Sallis, de que nos dijera «Gracias por salvarme».

Moxie me miró con curiosidad.

—Esta no es la Sra. Sallis —afirmó.

Aún había mucha agua en el sótano, y pude sentir que estaba mojado hasta las rodillas. Si alguien quisiera torturarme para que le diera una información crucial, bastaría con que me pusiera unos calcetines mojados. Es algo terrible. El agua estaba demasiado sucia como para poder ver si la mujer llevaba calcetines. Cojeaba subida encima de la silla y nos miraba imperiosamente. «Imperiosamente» es una palabra que quizás no sea fácil, pero que se entiende perfectamente si uno se fija en los rostros de las personas que creen que son mejores que los demás.

–Soy la Sra. Murphy Sallis –dijo– y os ordeno que salgáis de mi casa.

–Usted no es la Sra. Murphy Sallis –insistió Moxie, y después se volvió hacía mí–. No hay ninguna Sra. Murphy Sallis. Conozco a la Sra. Sallis de toda la vida y su nombre es Dot.

–Esta es Sally Murphy –dije–, la actriz más famosa de Stain'd–by–the–Sea. Una leyenda local.

La expresión de la anciana cambió completamente, del mismo modo que el agua también se marchó rápidamente. Volvió a sentarse en la silla y con un golpe seco asintió ásperamente.

–Siempre es agradable conocer a un aficionado al teatro –dijo.

–Ahora entiendo por qué me resultaba familiar –dijo Moxie–: el *Stain'd Lighthouse* publicó su foto en portada una docena de veces. Pero ¿de qué la conoces tú, Snicket? ¿Qué está pasando? ¿Por qué has dicho que era la Sra. Sallis? ¿Cuándo supiste que era una impostora?

–Que responda ella –dije.

–No es necesario que te lo diga –murmuró la anciana.

Ese era el tipo de actuación que probablemente debía gustar al público de Stain'd-by-the-sea: «¡Dejadme en paz! ¡Respetad a una mujer mayor!».

Respetar a los ancianos ya es bastante difícil,

pero cuando están mojados y han demostrado
ser poco honestos y agradecidos resulta casi imposible. Me incliné para mirarla a los ojos.

—¿Dónde está Ellington? —le pregunté—.
¿Dónde está la Bombinating Beast?

—Largaos de una vez —gritó, pero ya no parecía imperiosa. Más bien parecía asustada de verdad. No había aprendido a dejar el miedo para
más adelante, o a lo mejor sí pero quizás habían
pasado cosas terribles antes de que nosotros lle-
gáramos. Incluso podían haber pasado cosas terribles antes de que yo llegara al pueblo.

—¿Por qué me dijo que la estatua era suya? —le
pregunté—. ¿Quién la dejó atada en el sótano?

—Él lo hizo —respondió—. Ahora vete. Tengo
que pensar en mi familia.

Apoyé una mano en su húmeda espalda.

—Creo que puedo ayudarla —le dije—. Pero
tiene que contarme qué está pasando.

—No me puedes ayudar —dijo la anciana,

apartándome la mano de su espalda–. Él es el único que me puede ayudar. Tú eres un crío.

Tuve la tentación de quitarme los calcetines mojados, y no solo porque me sintiera incómodo.

–Formo parte de una organización –le dije–, y estoy seguro de que le puede ser de utilidad.

Los ojos de Sally Murphy se abrieron, y me di cuenta de que parecía aún más asustada.

–¡Fuera! –gritó, y como muchas otras actrices repitió esta palabra una y otra vez–: ¡Fuera, fuera, fuera!

–Escuche –le dije–. Me curaron la sordera con un tratamiento de zarzaparrilla, por lo tanto no me grite.

–¡Fuera! –siguió ella, y al final me fui. Me aparté de la anciana y subí la escalera casi tropezando con Moxie, que estaba sentada en un escalón, golpeando con saña las teclas de su máquina.

–¿Y? –preguntó.

–¿Y?

–¿A qué organización te referías exactamente? –me preguntó con los ojos prudentes y excitados a la vez.

–No te puedo contar nada –le dije mientras pasaba por su lado. Ella cerró su máquina para convertirla en una maleta, y me siguió por los escalones y después por la cocina vacía.

–¿Por qué no? –me preguntó.

Seguí caminando. Mis pasos resonaban. La mansión Sallis hacía mucho tiempo que estaba vacía, de manera que cuando se colaron dentro nadie se dio ni cuenta.

Habían utilizado restos de muebles y cuatro libros para simular una falsa biblioteca, y contrataron a Sally Murphy para que hiciera de falsa Sra. Sallis. Después nos contrataron a Theodora y a mí, que no sabíamos que la casa estaba deshabitada ni conocíamos la leyenda local de Stain'd-by-the-Sea. El plan era que robáramos la Bombinating Beast y que luego los oficiales

Mitchum nos dieran caza. Con nosotros en la prisión y Sally Murphy ahogada en el sótano, el criminal ya tendría todo lo que quería, incluyendo la estatua. Pero, cuando me solté del calabrote, arruiné ese plan. Y después Ellington Feint, por los misteriosos motivos que fuera, colaboró a seguir arruinándolo, y ahora estaba implicada en el caso. Era solo un pequeño objeto de madera, «una cosa vieja», como había dicho Moxie, pero que, sin duda, generaba peligro. Como el pulpo, que en general es inofensivo, pero que de golpe suelta su tinta.

Ya habíamos llegado a la puerta de la mansión y Moxie seguía haciéndome preguntas.

—¿Adónde vas? ¿Por qué no dices nada? ¿Qué está pasando fuera de la mansión?

—No sé qué está pasando —le dije—, pero es peligroso. Hemos tenido que ayudar a una mujer que se ahogaba.

—No parecía que quisiera ser rescatada. Ha

dicho que solo podía ayudarla él, aunque fue él quien la dejó atada en el sótano. Y, por otro lado, ¿quién es él?

—Me parece que sé quién es.

—¿Quién es?

—Yo creo —dije, pensando en voz alta—, que su nombre es Hangfire.

—¿Qué? —exclamó Moxie, y después añadió—: ¿Quién? ¿Por qué? ¿Cómo? Explícamelo, Snicket.

Pensé en Theodora, que probablemente debería estar otra vez enfadada conmigo. Había llegado la tarde y la estatua no había llegado, tal y como yo le había prometido. Tenía que dejar de hacer promesas.

—No conozco la historia —le dije a Moxie—. Todo el pueblo es un misterio.

—Soy periodista —replicó Moxie—. Te puedo ayudar a resolverlo.

—Después. Vuelve a la cabaña —le dije— y busca pistas. Una chica algo mayor que nosotros estuvo viviendo allí. Tengo que encontrarla.

–¿Una chica? –repitió, arqueando las cejas–. ¿Qué tiene que ver con todo esto?

–No lo sé –dije justo antes de empezar a caminar.

–Ven a casa conmigo –me dijo Moxie–. Podrás secarte, y podremos comparar nuestras notas.

–Tengo que ir al pueblo –le dije.

Moxie arqueó las cejas otra vez y se puso las manos en las caderas.

–Lemony Snicket, tú lo que quieres es que me aleje de Handkerchief Heights. Pero yo sé más cosas de este pueblo que tú. Este misterio no vas poder resolverlo tú solo.

–Ya sé que no puedo –admití–, pero tengo que irme.

Y me fui.

CAPÍTULO 10

Cuando llegué a las calles de Stain'd-by-the-Sea, el pueblo seguía tranquilo y solitario y mis calcetines aún estaban húmedos. Ya había entendido lo que tenía que resolver.

De entrada parecía que hubiera muchas cosas. Tenía que averiguar quién había entrado en la mansión Sallis. Tenía que averiguar quién había intentado ahogar a Sally Murphy. Tenía que encontrar a Ellington Feint, y a su padre, y al hombre que lo había capturado. Y tenía que descubrir por qué había sucedido todo eso.

Pero, a medio camino, cuando estaba ante un edifico gris y vacío, me di cuenta de que todas las piezas encajaban. Todo el mundo buscaba la Bombinating Beast, y si yo conseguía encontrar la escalofriante estatua negra entonces encontraría todo lo demás.

Los edificios desiertos de Stain'd-by-the-Sea parecían un lugar mucho mejor que nuestra bulliciosa ciudad para esconder un objeto misterioso. Pensé en todos los misterios de la ciudad, y en las dificultades que estaría pasando alguien a quien yo conocía, especialmente sin mi ayuda.

Quería verla. La comunicación mediante los títulos inventados de libros no era suficiente. Casi la podía oír: «Y bien, L., ¿cuál fue el último lugar dónde viste la estatua?».

—Encima de la mesa —imaginé que le respondía–, en Handkerchief Height, justo antes de que los oficiales Mitchum llamaran a la puerta.

–¿Y qué es lo que pasó mientras abrías la puerta?

Ella tenía ese don. Siempre hacía la pregunta correcta.

–Ellington envolvió la estatua con el periódico. Después hizo lo mismo con la bolsa de café. Me dio la bolsa de café con la dirección de Theodora y cogió las otras cosas que quería enviar.

–¿Y lo metió todo en el buzón?

–Sí.

–¿Estás seguro?

–Sí, lo vi.

–¿Y viste la dirección que escribió en el papel de periódico?

–No –dije–, pero se lo debe de haber enviado a sí misma.

–Quizás lo ha enviado a sus cómplices.

–Vivía sola en esa casa –dije–. Además, si

Ellington hubiera tenido un cómplice, jamás me hubiera pedido ayuda.

–No lo envió a Handkerchief Heights por correo, porque el paquete hubiera llegado esta mañana. Tú o Moxie lo habríais encontrado. ¡Piensa, L., piensa!

–Sabes que odio que me llames L.

–¿A dónde lo debía enviar?

Bebí un poco de zarzaparrilla y pensé. Mientras estaba teniendo aquella conversación imaginaria, no vi ningún motivo por el que no pudiera tomarme una zarzaparrilla imaginaria que me ayudara a pensar.

–Hay un motivo para que ella suela ir al pueblo –dije finalmente.

–¿Qué motivo?

–El Café Black Cat, esquina Caravan con Parfait.

–Buen trabajo, L. Lo estás haciendo muy bien.

–¿De verdad?

Ella no respondió, claro. Y durante el resto del camino no habló conmigo.

Yo aún no conocía suficientemente bien las calles de Stain'd-by-the-Sea, por lo que acabé dando un poco de vuelta. Normalmente le habría preguntado a alguien la dirección, pero no había a quién preguntar. Normalmente también habría encontrado un plano en el hotel, pero este no era el caso del The Lost Arms.

Era probable que Theodora estuviera dedicando su tiempo, su esfuerzo y su desfachatez a prepararse para regañarme aún más de lo que ya había hecho la noche anterior. Decidí buscar yo mismo el camino. Me dirigí al edificio en construcción en forma de pluma, y finalmente la casualidad me llevó a la calle Caravan, amplia y vacía como las otras calles, que cruzaba el pueblo de punta a punta.

Finalmente llegué a Parfait, una calle estrecha donde corría un viento frío. Allí estaba el Café Black Cat.

Era el único negocio abierto en un edificio abandonado. Su única señal de vida era un gran cartel de madera en el que ni siquiera aparecía el nombre del local; solo había un enorme dibujo de un gato. Lo había visto en el paquete de café.

Cuando abrí la puerta y entré en el local, lo primero que pensé fue que por fin había encontrado un lugar en Stain'd-by-the-Sea donde había vida. Mi segundo pensamiento fue que dentro del local no había nadie.

El Café Black Cat no era más que un espacio largo y estrecho sin nadie sentado en sus taburetes. Tras el mostrador había una enorme máquina brillante con tubos y palancas ruidosos en plena actividad, pero no había nadie. En una esquina sonaba un piano, pero cuando me acerqué vi que tocaba solo. La música se parecía mucho a la que oí en casa de Ellington Feint, pero quizás

solo me lo parecía porque pensaba en ella. Olvi-
dé preguntarle el nombre de aquella melodía. Y
en el café no había a quién preguntar. No había
nadie a quien preguntar por el paquete de Ellington Feint. No había nadie a quien preguntar
si Ellington Feint había estado allí para recoger
un paquete. Y tampoco había nadie a quien preguntar por el menú.

–¿Hola? –pregunté lo que todo el mundo
suele preguntar cuando se extraña de encontrar
un lugar vació. Me acerqué al mostrador y vi tres
grandes botones de cobre. Cada uno de ellos estaban etiquetados con una letra: A, B y C.

Cuando apreté la C, la máquina de la pared se
puso a trabajar. De la parte superior de la máquina apareció una luz, y un foco enorme y redon-
do, con una bombilla de metal, empezó a temblar
ruidosamente. Se abrió una pequeña compuerta
y, de pronto, un líquido pasó por un embudo y
fue a parar a un aparato que parecía una radio.

Después salió una garra de metal de la máquina con un pequeño plato que sostenía una taza blanca, llena hasta arriba de algo que tenía un olor oscuro y familiar. La garra dejó la taza humeante y el plato justo ante el botón de la letra C.

–¿Café? –dije en voz alta, y una vez la máquina me lo había ofrecido, pensé que era de buena educación decir «No, gracias».

Cuando apreté el botón B, empezaron a temblar otras partes de la máquina y salió humo por una serie de agujeros hasta que se formó una nube. Dos dispositivos que parecían manos de metal empezaron a luchar con algo blanco y pegadizo, que después fue golpeado por un par de ruidosos martillos de madera. Al final aquella masa fue empujada hasta una puerta, y un reloj empezó a hacer tic-tac. Pocos minutos más tarde sonó un timbre, se abrió la puerta y algo se deslizó por un tobogán hasta llegar a un punto donde una especie de cuchillo lo partió en dos mitades, y algo que parecía una mano metálica colocó una delgada lámina entre ellas. Después, el objeto siguió su bajada hasta el botón con la letra B. Un aroma muy bueno llenó la cafetería.

–B es para bocadillos –dije, y estaba delicioso.

Cuando apreté el botón A, la maquinaria se quedó en silencio y, por un segundo, pensé que se había averiado. Pero entonces, justo encima de mí, apareció una espátula enorme y una gran parte del techo bajó para dejar al descubierto una escalera que llevaba al piso de arriba.

«El ático», me dije. Un ático es un buen lugar para guardar paquetes.

La música de piano me decía que no me preocupara por nada, pero subí la escalara con el estómago lleno de pan y unas cuantas mariposas. Estaba harto de sorpresas y de lugares extraños, y el ático, más bien un desván, del Café Black Cat era otra gran habitación vacía y extraña. En las paredes había armarios y estantes con sacos de café encima. Había también una gran mesa con sobres y paquetes amontonados por separado, como si hubiera gente que recibía su correo en el Café. Me pregunté por qué. No había muchos paquetes. Había una pequeña caja con una etiqueta: SUMINISTROS SANITARIOS, dirigida a una tal doctora Flammarion. En un gran tubo dirigido a un par de iniciales que no me eran familiares se podía leer MATERIAL ELÉCTRICO. Y a continuación había un paquete de la medida de una botella de leche, envuelto en papel de periódico, con una letra que reconocí de inmediato.

Lo desenvolví cuidadosamente. Era la Bombinating Beast. No me sentí feliz por haberla encontrado. «Cada cosa tiene su momento, Snicket», me dije, «pero ahora tienes la estatua».

El sol prácticamente había desaparecido cuando salí a la calle, y la estatua zumbaba bajo mi brazo. No, no lo hacía, claro que no, pero aunque la había envuelto cuidadosamente, llevarla encima me hacía sentir nervioso porque sabía que era algo que todo el mundo codiciaba. Pensé en la suite Far East y en los pocos escondrijos que encontraría allí.

Me di la vuelta y pasé a toda marcha por delante del The Lost Arms, para ir a un lugar que contenía tantos secretos que pensé que uno más iba a pasar inadvertido...

–Bienvenido –dijo Dashell Qwerty cuando me vio entrar en la biblioteca–. Veo que aún llevas el mismo paquete de esta mañana.

–Sí, eso parece –le contesté.

–¿Quieres revisar tus solicitudes de préstamo en Fourier Branch? –preguntó, mostrándome una cara tan inexpresiva como siempre–. Todavía no sé nada.

–Solo quería algo para leer –le aseguré.

Qwerty sonrió antes de hacer un gesto invitador extendiendo los brazos.

—Estás en tu casa —dijo, y así me lo tomé.

Solo llevaba dos días en Stain'd-by-the-Sea y ya había pasado más tiempo en la biblioteca que en la rancia habitación que compartía con Theodora. Aunque llevaba un peinado muy curioso y tenía una cara inexpresiva, me sentía más cómodo con mi subbibliotecario que con mi acompañante. Y las hileras de estantes, tan despoblados como las calles por las que acababa de caminar, me hacían sentir mejor que cualquier cosa en Stain'd-by-the-Sea.

Estaba en casa, así que decidí que era aceptable esconder alguna cosa entre los libros. Busqué un libro de gran tamaño que pareciera aburrido. Me decidí por uno que se titulaba *Análisis del marrón, el negro y el gris*, con la esperanza de que nadie estuviera interesado en un estudio sobre unos colores tan ordinarios.

Desenvolví la estatua, saqué el libro del estante, metí la Bombinating Beast en el espacio que había quedado y después coloqué otra vez el libro.

De repente me di cuenta de que necesitaba envolver alguna cosa en los periódicos. Qwerty me había visto entrar con un paquete, y si no salía con él se daría cuenta. Un libro de los grandes o quizás tres de los medianos serían un buen sustituto, y enseguida supe qué tres libros iban a ser. Me sentí un poco culpable de llevármelos de la biblioteca a escondidas, pero me prometí que los devolvería tan pronto como pudiera. Una vez los encontré, fui hasta la mesa donde me sentaba siempre.

No tenía prisa para volver al hotel. Tenía tiempo para leer y, a pesar de todo lo que me había pasado desde la mañana, había algo que me rondaba por la cabeza.

Estuve leyendo hasta que Qwerty me dijo que era la hora de cerrar; entonces le di las gracias y fingí que devolvía los libros. En realidad lo que hice fue taparlos con el periódico, después le hice un gesto de despedida a Qwerty y me fui. Era bastante tarde. No estaba seguro de que *El largo secreto* fuera el mejor. Los tres libros estaban bien. Caminé por el césped esperando encontrarme con Ellington Feint. Quizás ella también leería los libros y podríamos discutir cuál de ellos era mejor. Nada refuerza más una amistad que una buena discusión. Pero Ellington Feint y yo no éramos amigos, me dije.

Pensé en este tipo de cosas durante todo el camino hasta The Lost Arms. Cuando llegué, me encontré el taxi abollado en la puerta. A través de la ventana pude ver a Pela durmiendo encima del volante.

Theodora estaba en el vestíbulo, y parecía que su pelo fuera el de la estatua de yeso, pero como no la vi de muy buen humor no le dije nada de eso.

–¿Dónde has estado? –rugió con un voz que sonaba terriblemente enfadada.

–Lo siento –le contesté.

–Acabo de recibir una llamada de teléfono muy molesta –añadió ella, y empezó a pasear arriba y abajo ante la mujer de yeso–. Primero, la policía te considera sospechoso de robo y de haber roto la bombilla de una farola. Y ahora estabas jugando con una chica al lado de los pozos. Se supone que eres mi ayudante, Snicket, no una molestia.

Estaba cansado de todas esas misteriosas llamadas telefónicas, sobre todo porque yo aún no había podido utilizar ningún teléfono.

–¿Quién la ha llamado? –le pregunté.

–El Sr. Mallahan –dijo Theodora–. Estaba muy enfadado y me ha dicho que te diga que no te acerques más a su hija.

–No creo que fuera el Sr. Mallahan.

–No seas simple, Snicket. Ha dicho que era el Sr. Mallahan y era su voz.

–Todo es más confuso de lo que parece –le dije–. Por eso no es seguro tener la Bombinating Beast aquí.

–¿Me estás diciendo que no la tienes? –preguntó, señalando el paquete que llevaba bajo mi brazo–. ¿Me estás diciendo que no tienes lo que te encargué que recuperaras? Ya te dije que nos vigilaban. Por tu culpa, perderé mi reputación.

–Ya está perdida. Está al final del ranking.

Inmediatamente lamenté haber dicho lo que dije. No estaba acostumbrado a que las personas me levantaran la mano, y no tuve en cuenta que algunas personas, cuando te equivocas de respuesta, pueden llegar a golpearte.

Sorprendida por lo que acababa de decirle, Theodora abrió los ojos como platos.

–No eres razonable –gritó–. Esto no es correcto.

Y con un gruñido más propio de una bestia que de una persona, levantó su mano enguantada y la sostuvo en el aire. Probablemente quería pegarme. No sé si lo habría hecho; lo que sí sé es que nos interrumpió la voz de Prosper Lost, que estaba en la cabina de la esquina del vestíbulo con el teléfono en la mano.

–Lemony Snicket –dijo–, tienes una llamada telefónica.

Theodora, molesta, gritó algo, giró sus tacones y se alejó para subir por las escaleras. La vi alejarse mientras Prosper Lost dejaba el teléfono colgando del cable.

Fui hasta el teléfono, con el periódico estrujado bajo el brazo. Me preguntaba quién me podía estar llamando, y lo pregunté en voz alta. Hice la pregunta impresa en la portada de este libro, y una vez más fue la pregunta equivocada. La pregunta correcta hubiera sido «¿Donde he oído yo esta voz?», pero cuando levanté el auricular y oí cosas terribles, ni siquiera pensé en ello.

CAPÍTULO 11

–¿Hola?

–Soy Ellington Feint –dijo la voz del teléfono, que sonaba entrecortada y preocupada, o quizás la línea no iba muy fina–. Tienes que ayudarme.

¿Dónde estás? –le pregunté.

–Me ha capturado –dijo la voz–. Necesito que me ayudes.

–¿Ha sido Hangfire?

–Sí, Hangfire.

Yo no soy muy peludo, pero, cuando oí aquel nombre, todos y cada uno de mis pelos se erizaron.

Y a Prosper Lost aquel nombre le produjo un efecto similar, porque salió de detrás del mostrador y se puso a quitar el polvo de los cojines con un interés desmesurado. Me hubiera gustado que mi instructor de «escuchas disimuladas» hubiera estado allí para suspenderlo.

–Me encontró en la cabaña y me sacó a rastras. Ahora estoy en esta habitación. Tengo miedo.

–Gracias a Dios que has encontrado un teléfono –le dije.

–¿Tienes la estatua?

–¿La Bombinating Beast? –le pregunté mientras miraba cómo Prosper Lost limpiaba paranoicamente el cojín más cercano a mí. «El polvo, el polvo, el polvo, Sr. Lost», pensé.

—¿La tienes, Lemony?

Me gustaba más cuando Ellington me llamaba Sr. Snicket. Evidentemente, me gustaba más hablar con Ellington.

—No creo que sea prudente contestar a esa pregunta por teléfono.

—Claro —respondió la voz—. Bien, si la tienes, llévala al mil trescientos de Blooted Boulevard.

—Si la tuviera —dije—, ¿crees que debería llevarla allí en plena noche, en lugar de tenerla aquí, fuera de peligro?

—Si consigue la estatua, me liberará. Por favor. Es urgente, Lemony.

—Sin duda fue muy amable por su parte cuando te dejó empaquetar todas tus cosas antes de arrastrarte fuera de la cabaña —le dije—, incluso el tocadiscos.

¿Cuál era el título de lo que sonaba?

—De prisa —dijo la voz, y se cortó la llamada. Tuve que admitir que realmente la voz sonaba como la de Ellington Feint, del mismo modo que Theodora había oído la voz del Sr. Mallahan y Moxie la mía. Miré el paquete que tenía en las manos,

–¿Te puedo ayudar? –dijo Prosper Lost mientras se frotaba las manos. No pude evitar que me pasara por la cabeza una palabra muy insultante.

–Sí –le dije, y le di los libros envueltos en papel de periódico–. Por favor, ¿me puede guardar este paquete?

–Claro –dijo, inclinándose levemente.

–Gracias –le contesté–. Creo que alguien vendrá a buscarlo.

–¿A estas horas? –preguntó.

–Le sorprendería las cosas que pueden llegar a pasar a estas horas –le dije, antes de salir del hotel para ir directamente hasta el taxi Bellrophon.

Pela abrió los ojos y bajó la ventanilla.

–Dios mío, Snicket, ¿no duermes nunca? –preguntó.

—¿Y tu padre nunca conduce esta vieja carraca?

—Ya te dije que está enfermo —dijo Pela—. ¿Tienes que ir a algún sitio?

—¿Y tú necesitas un consejo?

—Claro.

—Creo que podrías tener razón respecto al libro del bailarín de claqué.

—Eso no es un consejo.

—Lo siento —le dije—. Es tarde. Te deberé una.

Pela bajó la mirada y le dio un toque a su hermano.

—Despierta, Cañas, tenemos una carrera.

—¿A dónde vamos? —preguntó Cañas desde los pedales.

—Al mil trescientos de Blotted Boulebard —le dije.

—Allí no hay nada, Snicket —replicó Pela—. De todos los barrios de Stain'd-by-the-Sea, es el más desierto.

–No hay ni un solo edificio en Blotted Boulevard –añadió Cañas mientras yo subía al asiento trasero.

–¿Sabéis cuando alguien os dice que hay un monstruo debajo de la cama? –les pregunté–. Evidentemente, no es verdad, pero miráis igual, ¿verdad? Pues esto es lo mismo.

–Me parece una locura de carrera –dijo Pela mientras arrancaba el motor.

–Hablando de locura, ¿habéis leído *El viento entre los sauces*? Deberíais hacerlo.

–Eso sí que es un consejo –dijo Pela–. Venga, vamos.

Nos fuimos con el motor rugiendo y los frenos chirriando. Los hermanos Bellerophon se alejaron a toda velocidad del centro de Stain'd-by-the-Sea, y en un momento llegamos a una zona sin tiendas. No había farolas ni semáforos. Llegamos a Blotted Boulevard, al lugar en el que Cañas había dicho que no había nada. El taxi se

detuvo en el primer bloque del Boulevard. Había trece edificios y, a partir de ahí, nada salvo algunos montones de escombros.

Ellington Feint no estaba cautiva en el número mil trescientos de Bloteed Boulevard, de manera que Pela y Cañas recorrieron toda la calle hasta que nos detuvimos en un edificio totalmente abandonado. Pensé que podía haber pasadizos secretos, como en la ciudad, pero me di cuenta de que allí no había ninguna puerta que pudiera llevar a un pasadizo secreto. No había nada.

–¿Qué te había dicho? –chirrió Cañas.

–Tenías razón –le dije–. Me sabe mal haberos hecho perder el tiempo. Regresemos.

–No estamos perdiendo el tiempo, Snicket –dijo Pela con una sonrisa cansada en los labios–. Tú y tu acompañante sois lo más interesante que le ha pasada a este pueblo en mucho tiempo.

Contesté con una sonrisa, y por el sonido de los frenos, supuse que Cañas también sonreía.

—Buenas noches —les deseé cuando llegamos The Lost Arms. Prosper Lost estaba en el porche observando cómo aparcábamos.

—Buenas noches —dijo con su voz aguda—. Bienvenido de nuevo.

—Gracias —le contesté—. ¿Alguien ha preguntado por el paquete?

—Tan pronto como te marchaste vino un caballero —dijo—. Cogió el paquete, pero, como me ha parecido descontento, lo he enviado a la suite Far East.

—¿Cómo? ¿Qué dice?

—Lo he enviado a la habitación para que pudiera hablar con la Sra. Markson —dijo Prosper Lost con una pequeña sonrisa.

Atravesé el vestíbulo corriendo. El propietario de The Lost Arms corría detrás mí sin ni fingir que quitaba el polvo. Cuando llegué a las escaleras oí que alguien gritaba.

—¿Llamo a la policía? —preguntó Prosper.

–No –le dije–. Busque una hoja de papel en blanco y un lápiz afilado, y esboce nueve hileras de catorce cuadros cada una.

Mientras lo dejaba allí boquiabierto, subí las escaleras corriendo. La puerta de la Suite Far East estaba completamente abierta y en el pomo había una mancha verde y pegajosa. Asústate después, me dije.

S. Theodora Markson podría haber sido cantante de ópera. Sus gritos eran tremendamente escandalosos, incluso con la boca tapada por tiras de tela blanca. También tenía tiras alrededor de los brazos y de las piernas. Se retorcía en la cama como una mariposa que hubiera tenido ciertas dificultades para salir del capullo.

La habitación había sido saqueada, una palabra que puede sonar divertida siempre que no se esté hablando de tu habitación. Habían sacado las piezas de ropa de Theodora de la cómoda, y también habían sacado mi maleta de debajo de la cama para esparcir toda la ropa por la habitación. Es incómodo ver toda tu ropa esparcida, aunque es difícil saber por qué resulta incómodo. Habían lanzado la mesa al suelo y habían destrozado las persianas, dejando la ventana abierta. Miré en el lavabo, pero no había nadie. Hangfire había huido por la ventana. La única cosa que no se había roto de la habitación era el cuadro de la niña que sostenía un perro con una puerta vendada, como si quisiera recordarme que tenía que desatar a Theodora. Intenté hacerlo, pero los nudos eran tremendamente complicados. Theodora movía la cabeza y parpadeaba en dirección al lavabo para indicarme que allí podía encontrar un cuchillo. Lo busqué, pero no lo encontré. Theodora me indicó que tenía que seguir buscando, pero cuando regresé al lavabo seguía sin haber ningún cuchillo. Al final, con una serie de complejos movimientos de cabeza y parpadeos, me dejó claro que no se refería a un cuchillo sino a un cortaúñas. Y entonces lo encontré y, con mucho esfuerzo, pude partir las tiras de sábana para que ella pudiera gritar libremente.

–¡Es por tu culpa, Snicket!

Cuando una persona está atada, casi siempre es culpa de otra persona que la ha atado. Además, cuando alguien está atado es muy probable que esté muy enfadado y diga cosas que no piensa.

–¿Cómo era? –le pregunté mientras miraba las tiras de sabana que le sujetaban los brazos y me daba cuenta de que estaban húmedas y rasgadas. Quien lo hizo utilizó los dientes para rasgar la sábana. No me gustó nada pensar en una persona que rasgaba las sábanas con sus dientes. Me parecía demasiado feroz o salvaje.

–Llevaba máscara –dijo Theodora–. Me dijo que me mataría.

Sus ojos seguían parpadeando. Lloraba. Llorar es lo contrario que discutir: los adultos casi nunca se lo permiten.

–Si no consigue la estatua, nos matará a los dos, Snicket. Es un hombre terrible, infame. Es repugnante, una palabra que en este caso significa «horrible». Tenemos que entregarle la Bombinating Beast.

–Eso no es lo que prometimos –le recordé mientras una tira de sábana resbalaba por sus muñecas–. Prometimos devolver la Bombinating Beast a su legítimo dueño.

Theodora respiró profundamente mientras yo, con el cortaúñas, dejaba libres sus pies.

–Entonces, entreguémosle la estatua a la Sra. Sallis.

–Esa mujer no es la Sra. Sallis –le informé–. Es una actriz. Hangfirfe está detrás de todo este montaje. Imita voces por teléfono. Amenaza a la gente. Está haciendo todo lo posible por conseguir la estatua. No se la podemos dar.

–Tú solo eres un aprendiz a prueba –dijo Theodora con voz severa–. Harás lo que diga tu acompañante. Ahora, vete. No soporto verte.

—Pero, Theodora...

—¡Fuera! —gritó antes de sumergir la cabeza en su lecho saqueado. Sus hombros empezaron a temblar bajo su pelo. Limpié la cerradura de la puerta con mi pañuelo, cerré la puerta y, muy cansado, salí de la suite Far East. En un solo día era la segunda persona que había rescatado de Hangfire, y ni una ni la otra me dieron las gracias. Aunque yo no bebo café, entendí lo que Ellington había dicho sobre la necesidad de tomar un reconstituyente, y salí del The Lost Arms. Pasé ante Prosper Lost, que estaba inclinado sobre un papel, contando con los dedos. Tiré mi pañuelo a la papelera porque desprendía un olor salado y miserable. Pela y Cañas seguían durmiendo en el taxi, y no tuve ánimos para despertarlos. Me fui a pie. Caravan con Parfait estaban más cerca de lo que pensaba. Como la vez anterior, en el Café Black Cat no había nadie, pero el piano seguía tocando la misma melodía extraña, y la brillante maquinaria estaba lista para para que apretara B o C, pero yo miraba el botón A y la escalera de metal que llevaba al único lugar por el que una amiga mía iba al pueblo. Debería haber estado atento, pero solo me fijé en la persona que tenía detrás. A su lado tenía una maleta abultada que era perfecta para transportar un tocadiscos antiguo. Colgada en la espalda, llevaba una bolsa verde en forma de tubo con una larga cremallera. Se levantó mientras yo miraba los estantes llenos de bolsas de café con el gato estampado. Después se giró, y me fijé en su pelo oscuro, las cejas enrolladas en forma de interrogante y sus ojos verdes.

–Lemony Snicket –dijo.

–Ellington Feint –respondí, y solo entonces pude ver esa sonrisa suya que podía sugerir cualquier cosa.

CAPÍTULO 12

—¿Nos tomamos un café? —me preguntó Ellington.

—Es una pregunta equivocada —respondí.

—Es verdad —dijo—. Tú no tomas café. Bueno, no hay zarzaparrilla, ni té, ni leche. Creo que en el Café Black Cat no hay ni agua.

—No me refiero a eso —le dije.

—Ya sé a qué te refieres —dijo Ellington, y pasó ante mí, Su pies provocaron un ruido metálico (clanc, clanc, clanc) mientras bajaba por las escaleras de hierro.

–Lo que tú quieres decir es «¿Cómo pudiste robarme la estatua, Ellington»? Si te ayuda a sentirte mejor, te diré que a mi también me la robaron. Se suponía que tenía que estar aquí, pero ha desaparecido y, si no la recupero, estoy perdida.

–La tengo yo –dije.

Me miró y me señaló con sus uñas largas y negras.

–¿Tienes la Bombinating Beast?

–Sí –respondí.

–Sr. Snicket, por favor, démela –me dijo mirándome a los ojos–. Es muy valiosa.

Necesito tenerla por la mañana.

–No es valiosa, Srta. Feint, es solo una baratija.

–Para mí es valiosa –aseguró Ellington, y yo me di cuenta de que decía la verdad.

—¿Por qué? —le pregunté—. ¿Para qué sirve?

—No lo sé.

—Entonces, ¿por qué es valiosa para ti?

Ellington miró a su alrededor como si pudiera estar escondida entre los sobre y los granos de café.

—Porque es valiosa para Hangfire —dijo—. Si se la doy liberará a mi padre.

—Me lo imaginaba.

—Sabía que te lo imaginarías.

—Me gustaría ayudarte a rescatar a tu padre —le dije—, pero prometí devolver la Bombinating Beast a su legítimo propietario.

—También prometiste que me ayudarías —me recordó—. Si no me la das, no volveré a ver a mi padre.

—No puedes confiar en Hangfire —le dije—. La última persona que le ayudó estuvo a punto de morir ahogada.

—¿La Sra. Sallis?

–No era la Sra. Sallis –le dije–, pero esa no es la cuestión. Hangfire es un criminal, Srta. Feint. Es un tipo terrible. No puedes ayudarle.

–No me preocupa Hangfire –dijo Ellington–. Me preocupa mi padre –suspiró mientras descargaba en el suelo el largo tubo con cremallera–. Hangfire ha secuestrado a otras personas para que le ayuden en sus planes. Mi padre es una de esas personas. Le he seguido durante mucho tiempo. Hace unos días, mi padre me llamó y me dijo que viniera a Stain'd–by–the–Sea. Me dijo que Hangfire lo liberaría si yo le entregaba la Bombinating Beast.

–Es gracioso –le dije–, porque tú me has llamado a mí hace un rato y me has dicho que la llevara al mil trescientos de Bloteed Boulevard. Estabas retenida allí, pero Hangfire iba a dejarte libre si yo le entregaba la Bombinating Beast.

Ellington me miró confusa.

–Yo no te he llamado.

–Ya sé que no lo has hecho –le dije–. Hangfire sabe imitar todo tipo de voces a la perfección. Es así como consigue llevar a cabo sus planes, y al mismo tiempo permanecer siempre en un discreto segundo plano. Llevaba una máscara cuando atacó a Theodora. Probablemente pocas personas saben cómo es.

–¿Entonces cómo vamos a encontrarlo?

–Tiene que estar cerca –le dije, y Ellington miró angustiada hacia las escaleras–. Tiene que estar en algún lugar desde donde pueda vigilar a la Sra. Sallis... y a ti.

–Entonces... tienes que darle la estatua –me dijo Ellington con sus ojos verdes, rabiosos y preocupados–. Hangfire me dijo que la quería por la mañana. Cuando supe que pertenecía a los Mallahan me instalé en Handkerchief Heights y estuve esperando a tener una oportunidad para entrar en el faro y robarla. Y entonces, una noche, os vi a ti y a tu acompañante de pelo salvaje saliendo del faro por el calabrote. Tuve la suerte de que cayeras en mi árbol. Cuando me mostraste la Bombinating Beast, supe que había llegado el momento.

–Podríais haberlo conseguido –le dije– si no me hubieras hablado del Café Black Cat. ¿Por qué lo hiciste?

Ellington levantó los hombros y se sonrojó.

–Porque me gustas, Sr. Snicket –me dijo–. Pensé que este lugar te parecería interesante, aunque no tomes café.

–Lo encuentro interesante –le aseguré–. Tota esta historia me parece interesante. Prometí que te ayudaría, Srta.Feint, y lo haré. Rescataremos a tu padre sin doblegarnos ante Hangfire.

–¿Qué significa «doblegarnos»?

–Comportarnos de una manera servil.

–Podría jugar a este juego toda la noche, Sr. Snicket. ¿Qué significa servil?

–Tendremos que jugar toda la noche –le dije–.

No vamos a poder conseguir la Bombinating Beast hasta mañana por la mañana. Cuando la tengamos iremos a casa de los Mallahan, encontraremos a tu padre y derrotaremos a Hangfire.

Tenía la esperanza de parecer seguro de mí mismo, pero cuando Ellington arqueó las cejas me di cuenta de que había parecido tan inseguro como en realidad estaba.

–¿Cómo es posible que dos chicos podamos derrotar a Hangfire? –me preguntó.

–No estamos solos –le dije–. Tengo socios.

–¿La mujer de la cabellera?

–Otras personas.

–¿Están cerca?

No dije nada. Oía el piano que sonaba abajo y no oía nada más. Se estaba haciendo tarde. Era perfectamente posible que la persona en quien pensaba estuviera bajo tierra.

–No están tan cerca como me gustaría –le dije.

–Eres un misterio, Sr. Snicket –me dijo Ellington–. Me lo has explicado todo sobre cómo has llegado hasta el pueblo, pero no has dicho ni una palabra sobre lo que estás haciendo aquí.

–Ya te dije que recibí una educación especial –le dije–. Mi escolarización se ha acabado, ahora soy el aprendiz de S. Theodora Markson, que de cincuenta y dos acompañantes posibles es la peor clasificada.

–Te mereces algo mejor –dijo Ellington.

–La escogí a propósito –repliqué–. Pensé que tendría más tiempo para hacer lo que quería.

–¿Y qué es lo que has de hacer? ¿También estás buscando a tu padre?

–Mi padre está bien –le dije mientras pensaba en el tipo del salón Hemlock–. Lo que tengo que hacer es cavar un túnel hasta un museo.

–¿Para qué?

–En el museo hay una pieza que necesito.

–¿Pero por qué lo tienes que hacer tú? –me

preguntó Ellington–. Parece un trabajo para un adulto. ¿Por qué no te ayudan tus padres?

Pensé en mis padres, y también en las personas que pretendían ser mis padres, y en la nube misteriosa que se levantó en el callejón cuando Theodora lanzó por la ventana del roadster el láudano que había en mi taza. Sentí una preocupación extraña en mi pecho, como un embrollo de cables o de malas hierbas, y cuando Ellington puso su mano en mi hombro imaginé que sus largos dedos serían perfectos para desenredar las cosas.

–Mis padres no pueden ayudarme –le dije–. Están indefensos.

–Como mi padre –dijo Ellington en voz baja, y entonces, durante unos segundos, añoré a mis padres. Primero pensé en el rostro de mi padre, y después en el de mi madre. Los dos sonreían. Pocos segundos, Snicket, me dije, parpadeando muy rápido, porque sabía que Ellington no tardaría en hacer otra pregunta.

–Entonces ¿quiénes son esas otras personas? –preguntó–. ¿Una especie de club?

–Es confidencial –le dije–. En realidad, toda esta historia es confidencial.

–Y, si es confidencial, ¿por qué me la cuentas?

–Porque me gustas, Srta. Feint –admití–. He pensado que te parecería interesante.

Ellington inclinó lentamente la cabeza, y los dos bajamos las escaleras. Tocó el botón A para cerrar las escaleras que llevaba al ático, y dejó su bolsa verde en el mostrador mientras la máquina le hacía un café. Miré a Ellington entre el vapor que salía de la parte superior de aquel complejo dispositivo. Era bonito verlo. El piano seguía tocando y al final puse la cabeza encima del mostrador. Lo último que vi antes de cerrar los ojos fue la sonrisa de Ellington, y también fue lo primero que vi cuando me desperté.

–Buenos días, Sr. Snicket –me dijo Ellington. Sacó una naranja de su bolsa y la peló con las uñas, dejando una única tira entera. Yo me levanté bostezando. Ellington me había echado por encima su abrigo como si fuera una manta, y yo se lo devolví aún caliente. Unas cuantas partes de mi cuerpo me pidieron que en el futuro dejara de dormir encima del mostrador del Café Black Cat. Les aseguré que se trataba de una situación inusual, mientras la máquina me hacía un bocadillo para desayunar. Ellington me pasó la naranja, pero se quedó con un gajo para comérselo con el pan.

–Mientras dormías he estado pensando –me dijo.

–¿En qué estabas pensando, Srta. Feint?

–Pensaba que tenías razón. No puedo confiar en Hangfire. No puedo entregarle la Bombinating Beast.

–¿Me ayudarás a devolvérsela a los Mallahan? –le pregunté–. ¿Me lo prometes?

–Si tú me prometes que me ayudarás a encontrar a mi padre –dijo ella.

–Trato hecho.

Nos dimos la mano con fuerza. Acabamos de desayunar y nos fuimos del Café Black Cat. Ellington se puso su abrigo, cogió su tubo y, tras despedirnos del piano, salimos a la calle. El sol estaba empezando a despuntar y Stain'd-by-the-Sea no parecía tan misterioso. Normalmente a esas horas del día yo hubiera estado leyendo un rato esperando a que terminara a hacerse de día, y me pregunté si Hangfire tenía en su poder aquellos tres libros envueltos en papel de periódico. Mientras andábamos no hablábamos, solo dejábamos que los sonidos de la mañana hablasen por nosotros. Algunas aves, algunos insectos. Nuestros propios pasos. En poco rato estuvimos ante la extraña estatua de metal y subimos las escaleras de la biblioteca. Cuando entramos, Dashell Qwerty estaba ahuyentado las polillas.

–Me preguntaba quién podría ser a estas horas –dijo, mirando primero a Ellington y después a mí. Tenía el rostro tan blanco como siempre, pero esta vez sus ojos estaban llenos de curiosidad.

–Solo queríamos mirar una cosa –le dije.

–Estáis en vuestra casa –siguió él, mientras yo llevaba a Ellington al lugar donde había escondido la estatua. A medida que nos acercábamos a esta, mi corazón palpitaba con más fuerza; sonaba como la maquinaria del Café Black Cat. Hice un repaso rápido de los libros para buscar dónde estaba *Análisis del marrón, el azul y el gris*, y cuando lo encontré lo saqué del estante. Quizás, Snicket, me dije, quizás la estatua ya no esté aquí.

Pero allí estaba.

–¿Por qué la escondiste aquí? –murmuró Ellington.

–Una biblioteca, por lo general, es un lugar

seguro –le contenté–, y me pareció que este libro no le iba a interesar a nadie.

–Ahí es dónde te equivocas, Snicket –me respondió ella–. Este es el primer libro que yo hubiera sacado del estante.

Miró el libro de una manera que me hizo recordar lo que había dicho Qwerty, que en todas la bibliotecas hay un libro que puede responder la pregunta que te hierve en la cabeza. Me di cuenta de que no era un libro sobre el color. No estaba colocado en esa sección. Estaba colocado con los de música.

Estaba equivocado. Estaba equivocado sobre el libro que respondía las preguntas de Ellington.

Como había hecho en Handkerchief Heights, Ellington casi no prestó atención a la Bombinating Beast; se limitó a mirar su gran bolsa verde con cremallera.

–No podemos ir por la ciudad enseñando la

Bombinating Beast –me dijo–. La podemos esconder en la bolsa.

La miré y Ellington miró tras ella.

–Está bien –asentí–, pero la llevo yo.

Esperaba que Ellington dijera algo como «No confías en mí, Snicket», pero en lugar de eso metió la mano en su bolsa y sacó un pequeño rollo de documentos que metió en uno de los bolsillos de su abrigo. Después me dio el tubo sin decir nada más, y yo puse la Bombinating Beast dentro. No dije ni una palabra; ninguno de los dos dijo nada hasta que salimos de la biblioteca y estuvimos en el césped. La estatua era más ligera de lo que parecía y más pesada de lo que me hubiera gustado.

–Si se la devolvemos a los Mallahan, Hangfire irá a por ella –dijo Ellington.

–No, si no sabe que la tienen –repliqué.

Ellington se quedó mirando fijamente la hierba, aunque no había mucho que ver.

–Recuerdo un libro que mi padre solía leerme –dijo–. Un grupo de elfos y otras criaturas inician una guerra por una joya que todo el mundo quiere, pero que nadie puede usar.

–Nunca me ha gustado ese tipo de libros –le contesté–; siempre aparecen magos poderosos que la lían.

–No estoy de acuerdo –dijo Ellington–, y entonces hubiéramos podido discutir y eso habría fortalecido nuestra amistad. Hubiéramos podido hablar de libros un buen rato, y a lo mejor yo hubiera cambiado de opinión. Pero nos interrumpió la llegada de un furgón abollado con una luz roja en el techo y el sonido de una extraña sirena. Cuando se detuvo, pude comprobar que el sonido no era de una sirena, sino de alguien que imitaba el sonido de una sirena. Stew Mitchum sacaba la cabeza por una de las ventanas traseras del vehículo. S. Theodora Markson fue la primera en salir del coche.

–Snicket –dijo–. Estaba preocupada por ti.

–Theodora nos dijo que ayer no regresaste al hotel –dijo Harvey Mitchum.

–Nuestro querido hijo nunca haría una cosa así –dijo su mujer.

–Basta ya, Snicket, no voy a tolerar este comportamiento –dijo el oficial Mitchum–. No somos tontos, Lemony Snicket, te lo digo de verdad.

–Aún es pronto para hacer suposiciones –dijo su mujer–, pero no me extrañaría que fuerais los responsables de todo lo que está sucediendo en el pueblo. El robo, por ejemplo.

–Y la farola destrozada.

–Y las cosas robadas.

–No, Mimi, lo del robo ya lo has dicho. Es lo mismo.

–Es un poco diferente.

–«Un poco diferente» significa «prácticamente lo mismo».

–Pero no exactamente.

–Pero casi. «Prácticamente» es «casi exacta-mente».

–No, no lo es.

–Sí lo es.

–No, no lo es, y te huele el aliento.

–Esta no es la cuestión.

–¿Cuál es la cuestión?

–Te diré cuál es la cuestión.

–Pero ¿por qué siempre insistes en que sabes cuál es la cuestión?

–Esa no es la cuestión.

Me fui hasta el coche con «la cuestión» en la bolsa de cremallera para intentar parar la pelea.

–El objeto robado está en la bolsa –les dije–. No ha sido fácil, pero Ellington y yo la hemos recuperado.

Theodora me miró con cierto alivio.

–¿Eso es cierto, Snicket? ¿De verdad tienes la...?

—Sí —dije rápidamente. Pensé que no era muy inteligente nombrar el objeto, y todavía menos ante los oficiales. Si Hangfire sabía que lo teníamos nosotros, sin lugar a dudas intentaría robárnoslo. No estaba muy seguro de en quién podía confiar y en quién no. Stew Mitchum me sonrió.

No me pareció muy inteligente abrir la bolsa para mostrarle a Theodora la extraña estatua oscura que había causado todos nuestros problemas. Me equivoqué otra vez. Aunque quizás ya no importaba.

—Bueno, deberíamos devolvérsela inmediatamente a la familia Sallis —dijo Theodora con un gesto firme.

—¿La familia Sallis? —preguntó Harvey Mitchum, frunciendo el ceño—. Se fueron del pueblo hace mucho. En su mansión ya no vive nadie.

—Excepto los ratones —añadió su mujer.

—Mimi, los ratones no son personas.

–Los sé, Harvey. ¿Crees que no lo sé?

–Los verdaderos propietarios de la estatua son la familia Mallahan –le dije a Theodora–. Ha sido suya desde hace generaciones. Lo puede comprobar en la biblioteca.

Es difícil saber qué la disgustó más, saber que estaba equivocada o tener que ir a la biblioteca para investigarlo.

–Quizás tengas razón –dijo ella, una frase que en este caso significaba «Me he equivocado, pero no tengo suficiente coraje para reconocerlo».

–Os podemos llevar a casa de los Mallahan –se ofreció Mimi Mitchum. Su esposo le dijo a Stew que pasara delante, y Theodora, Ellington y yo subimos detrás. Colocamos la bolsa arrugada entre nosotros dos. No hablamos demasiado mientras nos dirigíamos al faro, pero los oficiales Mitchum llenaron el silencio presumiendo de su querido hijo. Hubiera preferido leer más acerca del orfebre con la mano quemada y sobre la familia que hacía mantequilla en el bosque. Al final, el furgón se detuvo ante el faro y Theodora abrió la puerta y bajó.

—Ya no estás a prueba —me dijo—. Por lo tanto, devuélvela tú mismo.

Alargó su mano enguantada, Por un momento pensé que iba a pegarme, porque la noche anterior casi lo había hecho; pero otra vez me equivocaba. Sostuvo su mano ante mí durante unos segundos. Yo la miré a los ojos y encajé mi mano con fuerza. Theodora se estremeció ligeramente, y me volví para que no viera cómo sonreía.

—Está bien ver que todo acaba bien —dijo el oficial Mitchum, agitando su mano regordeta para saludar.

—Eso digo yo —añadió su esposa.

—Buena suerte, Snicket —me deseó Ellington con una sonrisa cálida.

–Gracias, Ellington –le dije–. No olvidaré mi promesa.

–No olvidaré mi promesa –dijo Stew imitando mi voz, y empezó a cantar una canción pesada sobre Ellington y yo sentados en la rama de un árbol. Empecé a caminar hacia la puerta del faro y llamé; se abrió antes de que Stew pudiera explicar lo que estábamos haciendo en un lugar tan improbable como la copa de un árbol.

–¿Qué hay, Moxie? –le pregunté cuando me abrió la puerta.

–Lemony Snicket –dijo con una sonrisa mientras se apartaba para dejarme pasar–. ¿Qué estás haciendo aquí? ¿Con quién has venido? ¿Cuándo vas a decirme qué está pasando? ¿Qué hay en la bolsa?

–Vengo a devolverte una cosa que pertenece a tu familia –le dije.

Me hizo pasar y cerró la puerta.

–¿Y bien? –dijo Moxie.

—Esta vieja baratija es parte de una larga historia que ahora te explicaré. Te prometí que respondería tus preguntas cuando acabara, así que pregunta lo que quieras.

—Muy bien —dijo feliz, inclinando la cabeza y haciendo que su sombrero asintiera mientras subía la escalera y preparaba su primera pregunta.

—¿Por qué robaste esta estatua, y por qué la devuelves?

—Prometí devolvérsela a su legítimo propietario —le dije—, y tu familia es la propietaria.

—Eso ya te lo dije yo el día que nos conocimos —dijo Moxie mientras me llevaba a la sala de redacción—. Mi familia ha tenido este cachivache desde hace mucho. Mientras el periódico estuvo funcionando nadie se preocupó por él, excepto la persona que mandó el telegrama.

Cogí una hoja de la mesa y dejé la bolsa entre todas las piezas de *merchandising* de la estatua legendaria.

–La misma persona que escribió tu telegrama llamó a mi acompañante y se hizo pasar por tu padre.

–Y me llamó a mí –dijo Moxie, pensativa–. Y se hizo pasar por ti.

–Y me llamo a mí y se hizo pasar por Ellington Feint –dije mientras abría el tubo.

–Es muy bueno imitando la voz de otras personas –dijo Moxie.

Miré fijamente por la ventana, más allá del acantilado cubierto de hierba, para ver la extraña visión del Cluestrous Forest, sin ley. El bosque era una tierra sin ley, recordé, pero Hangfire tenía que estar en lugar cercano desde donde pudiera ver a las personas que le ayudaban.

–No solo imita voces –dije–. También pía como los pájaros.

Moxie suspiró y yo también, pero suspirábamos por distintos motivos. Ella estaba mirando dentro de la bolsa que yo había abierto completamente, pero en lugar de ver los ojos vacíos y extraños de la Bombinating Beast, veía una bolsa de café con un gato negro estampado. Los oficiales Mitchum permanecían de pie hablando con Theodora, y Stewie estaba buscando uno de los árboles con una sonrisa maliciosa en la cara y su tirachinas en la mano.

A cierta distancia, entre los árboles, vi a una chica alta con un abrigo largo. Era Ellington Feint, y llevaba algo oscuro en sus manos.

CAPÍTULO 13

–Entonces ¿lo hizo el mayordomo? –preguntó Héctor. Era su doceavo cumpleaños. Si hay lectores de esta edad, y no tengo ningún motivo para pensar que no sea así, espero que no pasen su doceavo cumpleaños comiendo cacahuetes rancios en el vestíbulo del The Lost Arms vigilados por Prosper Lost. En general todo el mundo se merece una fiesta de cumpleaños.

–En realidad Hangfire no era mayordomo

—le dije a mi socio—, y en realidad él no cometió el crimen. Cuando el telegrama que les mandó a los Mallahan no tuvo respuesta, contrató a Sally Murphy para que se hiciera pasar por la Sra. Murphy Sallis. Fingió ser su mayordomo para vigilarla mientras ella nos contrataba para robar la Bombinating Beast.

Héctor arqueó las cejas.

—¿Y el tal Hangfire también convenció a la chica para que intentara robarla?

—Sí, le dijo a Ellington Feint que no volvería a ver a su padre jamás si no le ayudaba. Entonces ella se estableció en Handkerchief Heights para preparar el robo y entonces tuvo la suerte de que yo le cayera encima. Cuando la policía llamó a la puerta, me engañó. Envolvió la estatua en una bolsa de café para que yo creyera que enviaba la Bombinating Beast a Theodora al The Lost Arms, pero en realidad lo que hizo fue enviarla al Café Black Cat. Cuando me di cuenta del engaño, fui al Café antes de que llegara ella. Después me la volvió a quitar, probablemente cuando estábamos en el furgón de los Mitchum. Y ya no la he podido encontrar.

–¿Crees que le habrá entregado la estatua a Hangfire?

–No lo sé. Espero que no.

–Cuánto trabajo por una estatua tan pequeña –dijo–, sobre todo si nadie en particular estaba interesado en ella. Pero ¿para qué la quiere?

Miré a mi alrededor. Habían pasado tres días, y no habían pasado fácilmente. Había perdido el tiempo haciéndome las mismas preguntas una y otra vez, en la biblioteca leyendo o sentado en el mostrador del Café Black Cat mientras esperaba que llegara Ellington Feint. Un misterio se resuelve con una historia, una historia empieza con una pista.

Pensé que la pista era la Bombinating Beast, pero después pensé que la pista podría ser otra cosa. Pensé que podía ser la chica que buscaba a su padre, con su maleta y un tocadiscos antiguo con esas canciones que ya no podría quitarme de la cabeza. No tenía a nadie con quien compartir todo eso, al menos hasta que Héctor llegó al pueblo.

–No lo sé –le dije–, no sé lo que hay entre la Bombinating Beast y Hangfire. Es un misterio que no sé resolver.

–¿Y qué vas a contar en tu informe oficial? –me preguntó.

–Prácticamente nada –contesté–. Para mi acompañante el caso está cerrado. Yo simplemente escribiré que nuestro cliente nos contrató para que encontremos un objeto robado y que ese objeto y la propia cliente desparecieron.

–Esto no va a quedar bien en tu expediente, Snicket.

–Me da lo mismo mi expediente –le dije–. Todavía tengo trabajo.

Héctor suspiro y se apoyó en el sucio sofá.

—Nos tienes preocupados, Snicket. Monty está preocupado, Haruki está preocupado. Tu idea de elegir la peor acompañante…

—No creo que sea cosa tuya —dije fríamente.

—¿Sabías que los otros dos acompañantes pretendían drogarte para evitar tu cita?

—Lo intentaron —le dije. Lo que había pasado en el salón Hemlock parecía haber pasado hacía siglos.

—Supongo que te hubiera gustado que hubieran tenido éxito. En ese caso hubieras sido el aprendiz de otra persona. ¿Theodora es tan mala como dicen?

—Está arriba durmiendo la siesta —le dije, y Héctor miro su reloj y movió la cabeza. Se quedó un momento en silencio y después le echó un vistazo rápido a Prosper Lost, se quitó la chaqueta y me la dio.

—Cosido en el forro encontrarás el mapa de

la depuradora de la ciudad –dijo–. No lo pierdas. Conseguirlo ha sido muy difícil.

–Gracias, Héctor. Te lo agradezco.

–Aquí no creo que encuentres nada que valga la pena –dijo Héctor–. Me ha costado todo el día llegar desde la ciudad. Este es un lugar extraño, Snicket. La tinta, el bosque de algas, las máscaras que utilizáis cuando suena la campana... Hay algo que no me acaba de gustar en Stain'd-by-the-Sea, y supongo que no debe de haber ningún restaurante mexicano decente.

–Hay un buena biblioteca –le dije– y una buena periodista, y unas cuantas personas interesantes. Es más de lo que tienen la mayoría de pueblos.

–Esa Ellington no te conviene –dijo Héctor–. Es embustera y ladrona.

–Ella intenta ayudar a su padre –le expliqué–. Y yo le prometí que la ayudaría.

Héctor suspiro y se levantó para irse.

—Estás metido en un buen lío, Snicket.

Buena suerte.

—¿Tienes forma de regresar a la ciudad? —le pregunté—. Conozco un muy buen servicio de taxi.

—No, gracias, tengo mi propio medio de transporte.

—¿Otra vez vas en globo?— le pregunté.

Héctor asintió.

—Mi acompañante me ha encargado que haga unas fotografías aéreas mar adentro. Han visto algo sospechoso.

—¿No vuelves a la ciudad?

—Tardaré meses —me aseguró Héctor—. ¿Por qué lo preguntas?

—Por nada —le dije, y encogí los hombros. Noté el paquete dentro de mi chaqueta. Me pasé toda la mañana cosiendo el forro. Coser es un trabajo peligroso y aburrido. Ellington Feint, con sus largos dedos, lo hubiera hecho mucho mejor. Pero pasaría bastante tiempo antes de que volviera a verla, y ahora no tenía sentido darle mi chaqueta a Héctor, porque él tardaría mucho en regresar a la ciudad.

–Adiós, Snicket –dijo Héctor–. Lleva cuidado. Informa a tus suplentes en la ciudad, para que cojan el camino que rodea el museo; si toman el otro camino, los dos se ahogarán en el túnel.

–No hay suplentes –le dije.

–Así que te irás del pueblo y te reunirás con ella.

Negué con la cabeza.

–Me tengo que quedar en Stain'd-by-the-Sea mientras haga falta.

Los ojos de Héctor se abrieron como enormes naranjas.

–No puedes dejar que lo haga ella sola –me dijo en un tono de voz más alto de lo normal.

Prosper Lost parpadeó con curiosidad y salió de detrás del mostrador.

—¿Qué otra opción tengo? —le murmuré a Héctor.

—No es solo tu socia, Snicket —murmuró mientras se colocaba el sombrero—. Es tu hermana.

—Ya lo sé —le dije bruscamente, levantando las cejas y negando con la cabeza mientras salía por la puerta. «Ya sé que es mi hermana», me hubiera gustado gritar. «¿Crees que no sé que puse a mi hermana en peligro?».

—Feliz cumpleaños —le dije, pero Héctor ya no se detuvo, incluso aceleró el paso. Prosper Lost estaba a mi lado y los dos vimos cómo se alejaba por la calle hasta perderse en la oscuridad.

—¿Te peleas con tu amigo? —me preguntó Lost, como si eso fuera con él.

—No es una pelea —le dije—, simplemente me he equivocado.

Lost me dedicó una de sus sonrisas viscosas.

–Todos nos equivocamos a veces.

Era cierto. Todos nos equivocamos alguna vez. Era cierto, pero no me gustaba. Moví la cabeza afirmativamente y me alejé. Si hubiera tenido brazos, la estatua hubiera querido encogerse de hombros. Yo sí que los encogí y pensé en la estatua, la Bombinating Beast, y en el criminal que quería apoderarse de ella. Pensé en el pueblo despoblado y en el mar desaparecido. Pensé en los ojos verdes de Ellington y en sus cejas que parecían interrogantes. No era solo alguna vez. Yo me había equivocado una vez y otra y otra y otra. Me había equivocado sobre cada pista del misterio oscuro y manchado de tinta que pesaba sobre mí y sobre todos los demás. Sonó una campana en mi cabeza; equivocado, equivocado, equivocado. Estaba equivocado, pensé, pero quizás si me quedaba en el pueblo podría acabar haciendo las cosas bien.